悪姫の後宮華演 2

甲斐田紫乃

富士見L文庫

「ほら、取れたぞ。久遠《くおん》」

降り注ぐ柔らかな陽光をそのまま人の形に留《とど》めたような見目麗しい貴人が、弟である紅顔の美少年へと、優しい微笑《ほほえ》みを向けている。

貴人の手には、遊戯用の小さな鞠《まり》があった――先ほどまで、庭園の木の梢《こずえ》に引っかかっていたものだ。

「ありがとうございます、兄上！」

鞠を両手で恭しく受け取った少年・久遠は、可愛《かわい》らしい笑顔のまま礼儀正しく頭《こうべ》を垂れた。少し恐縮しているようでいて、それでも溢《あふ》れる喜びを抑えきれないのが滲《にじ》み出《で》ているその所作は、どこから見ても愛くるしい。

弟の姿を見つめる貴人の眼差《まなざ》しは、深い慈愛に溢れている。

できるものなら一幅の絵画に収めておきたい、そんな二人の有り様を目の当たりにすれば――しかもそれがこの夏輪国《かりんこく》の皇太子である孫伯蓮《そんはくれん》と、末弟である久遠のやり取りともなれば、居並ぶ女性たちが思わずため息をついてしまうのも無理からぬことだった。

「相変わらず、本当に仲睦《なかむつ》まじいこと……」

「拝見しているだけで、心が洗われるようです」

太子妃候補である紅玉《こうぎょく》、瑞晶《ずいしょう》がうっとりした表情で言うと、近くに立つ銀雲《ぎんうん》と琥珀《こはく》も同調して口を開く。

「まったくだ。お二人のお姿を見ていると、夏輪国のすべての兄弟かくあるべし、というものを実感させられる」

「久遠くんが怪我《けが》をする前に、殿下が通りかかってくださってよかった！」

「怪我？」

と、琥珀の言葉に反応したのは伯蓮だ。彼が弟に視線を合わせるように身を屈《かが》めるのと同時に、耳につけられた黄金の飾りが陽光を跳ね返して煌《きらめ》く。

「久遠、怪我をするようなことをしていたのか？　お前は身体《からだ》が弱いんだから、あまり無理をしてはいけないとあれほど……」

「いえ、大丈夫です」

心配そうに眉を寄せる伯蓮に、鞠を胸の前に抱えた久遠は恥ずかしそうに言った。

「皆さんと鞠遊びをしていたら、僕が蹴り上げた鞠が枝にかかってしまって。木に登って、地面に落とそうとしたんです。すみません、ご心配をかけるつもりは」

「……そうか」

伯蓮はふと目を細め、それから弟の頭にぽんと手を乗せると、優しく告げる。

「木に登ろうと思えるくらい、身体がよくなってきたのはとても嬉《うれ》しい。でも、お前は大切な弟なんだ。絶対に無理はするなよ、いいな？」

「はい、兄上」

素直に久遠は頷《うなず》く。そんな弟の態度を見て、伯蓮はいっそう笑みを濃くすると——久遠にしか見えない角度だが、その笑みはどこか悪戯《いたずら》っぽいものだった——顔を近づけ、耳元で囁《ささや》くように語りかけた。

「今日もご苦労だな、胡令花《これいか》。相変わらず見事な演技だ」

（ありがとうございます、殿下）

久遠として少し戸惑ったような面持ちを続けながらも、令花は心の中で礼を告げる。

すると満足したように伯蓮は姿勢を戻すや否や、突然弟を抱きかかえた。

「えっ、あ、兄上!?」

「そうかそうか、ちょっと疲れたか！　なら、このまま花角殿《かかくでん》まで兄上が運んでやろうな。皆も、よければお茶にしないか？　上質な茶葉を手に入れたんだ。箱を開けたての、新鮮な品だぞ」

弟の細い身体を軽々と抱き上げながら放たれた言葉に、妃候補《きさき》たちは色めきたつ。

一方で令花はといえば、胸の内でこっそり文句を言った。

（殿下、即興で溺愛の演技をなさるのならあらかじめお伝えくださいとあんなに……！）

しかし決して、それを表に出さない。伯蓮の弟である久遠は、兄に不平を言ったりしない。ただ下ろしてほしいと軽く手で訴えつつ、頰を薔薇色《ばらいろ》に染めるだけだ。

――久遠としての役柄に徹し、任務を遂行し、悪を以《も》って悪を誅《ちゅう》する。

それが今の令花に与えられた、『胡家の悪姫《あっき》』と同じくらいに大切な役目。

(でも顔が赤くなるだけじゃなくて……こうして、胸までどきどきしてしまうなんて。やっぱり私、未熟だわ。久遠の役柄に入り込み過ぎているのね)

役柄としての感情が演者である素の自分に流れ込んでしまっているのに違いないと、令花は己の技量を恥じるばかりだ。

ともあれこんな光景は、夏輪国の東宮では当たり前のものだった。

伯蓮の皇太子としての座を狙う企《たくら》みが潰《つい》えてから、早くも二カ月。

少なくともこの時まで、東宮は平穏そのものだった――

「厄介なことになった」

翌日、伯蓮が苦々しい面持ちでそう告げるまでは。

第一幕　皇子、来訪すること

「おっ、今日は『悪姫《あっき》』のお目見えか」

「恐れ入ります」

まだ役に入っている令花《れいか》は、『悪姫』として低くしゃがれた声で応え、頭を垂れた。

一切の血色のない真っ白な肌、毒々しい赤に彩られた双眸《そうぼう》から放たれるすさまじい眼光、この世のすべてを嘲弄するかのような恐ろしい微笑み――

結い上げられた長く美しい黒髪と、身に纏《まと》う漆黒と赤の上質な衣装、氷のように冷たく整った容貌に見惚《みと》れる隙すら与えない、相対する者に恐怖の二文字を突きつける存在。

夏輪国《かりんこく》で悪名高い『胡《こ》家の悪姫』が、そこにいる。

しかしその居殿である赤殿《せきでん》に踏み入ってきた伯蓮《はくれん》はというと、感心と呆《あき》れとがないまぜになった表情で肩を竦《すく》め、勧められぬままに手近な椅子に腰かけた。

「俺の前でまで演技に入ったままとは、相変わらずお前の根性も見上げたものだな。だが珍しいじゃないか、その格好でいるなんて。今日は何か用事でもあったか？」

「いえ、そういうわけでは」

なおも『悪姫』としての声音で、令花は答えた。

「ただ、東宮に参じて数ヵ月が経《た》つ今……時折この姿を衆目に晒《さら》すことで、恐怖心を」

「喉を痛めるだろう、その話し方はよせって」

「……東宮の皆さんに今一度、『悪姫』の恐ろしさを思い出していただこうと思ったのです」

と、令花は自分の本来の、明るく柔らかな声音に戻して答えた。

「先日の事件の後、『悪姫』が殿下の寵妃《ちょうひ》であるという誤った噂話《うわさばなし》が、どうやら東宮の外にまで伝わってしまったようですので……」

苦い思いと共に、令花は語る。

二ヵ月前、第六皇子・江楓《こうふう》が伯蓮の廃太子を目論《もくろ》んで起こした一連の事件は、令花と伯蓮、さらに東宮の妃候補たちと、令花の実家である胡家との協力で解決された。

だがその中で、伯蓮が他の太子妃候補たちを差し置いて『胡家の悪姫』のもとにだけ通っていたという事実――そして伯蓮が監禁されていた場所に『悪姫』と胡家の精鋭たちが現れたという事実は、思わぬ尾ひれをつけて人々に知られるところとなってしまった。

曰《いわ》く、『胡家の悪姫』の魔性の美貌に皇太子殿下は篭絡され、東宮は胡家が支配する魔境と化してしまったらしい。

曰く、いずれは胡家と皇家の血が交わることになり、夏輪国の頂点には悪が君臨するだろう。

曰く、いまや禁城の上空には『悪姫』が飼い慣らす怪物たちが飛んでおり、少しでも叛《はん》意《い》を見せた者はたちどころに喰《く》われてしまうそうだ——といったように。

無論、あまりに荒唐無稽な噂を信じている者は、少なくとも首都・輝雲《きうん》にはいない——禁城のある辺りを見上げてみれば、鳥以外何も飛んでいないのはすぐわかるからだ。

けれども『胡家の悪姫』が伯蓮の心を奪ったようだという話は、深い嘆きと共に、広く人々の口に上るようになっていた。

皇太子殿下は『悪姫』に騙《だま》されているか、もしくは脅されているのではないか？　と民たちは訝《いぶか》しみ、悲劇を終わらせ、胡家を打ち倒す英雄の登場を望んでいる。しかしそれは無理な願いだと、誰しもが理解していた。

（……この噂自体は、悪いものではないはずだわ。夏輪国のほとんどの人々にとって、胡家は完全なる悪の一族。そう思ってもらえているからこそ、お父様たちは使命を果たせるのだもの）

胡家は『夏輪国の蠱毒《こどく》』、『謀事《たばかりごと》の祖にして壁の耳』、『百計あるところ胡家あり』と恐れられる高級官吏の一族である。ところがその実態は、夏輪国の建国当時から皇家に真摯に仕える忠実なる臣下——自らを巨悪と偽ることで人心を皇帝のもとに一つにし、闇に潜む真の邪悪を密《ひそ》かに排除する『悪を誅する悪』たることを旨とする一族なのだ。

令花が今こうして東宮にいるのも、すべては胡家としての使命を果たすため。

皇子たちの中に潜む反乱分子を炙《あぶ》り出《だ》し、次代の平和を築くという目的で、令花は太子妃候補として、また伯蓮の弟・久遠《くおん》としての二重生活を送っているのである。

(殿下は東宮に来た『悪姫』を監視し、それと同時に貧しい暮らしで人知れず苦労していた末弟の久遠の世話をなさることになった。殿下がなかなか太子妃を選ばれないのは、久遠が心配でそれどころではないから……という名目さえ保たれていれば、殿下が地盤を安定させる時間が稼げる)

そう、だからこそ、令花は我慢ならないのだ。

太子妃擁立を遅らせる言い訳として必要なのは、久遠の存在だけのはず。

つまり、『悪姫』が寵妃だと誤解されたままでいる必要などない。

(むしろ寵妃だと周囲に思われたままでは、いつか計画が成就して殿下が本当に太子妃を選ばれる時に、無用な混乱を生んでしまうもの。だというのに、おかしな噂が消えないどころか)

あまつさえ——誇り高く何者にも媚《こ》びない究極の悪女であるはずの『悪姫』が、殿下の寵妃だと誤解されたままでいるなんて！

「ははーん」

無意識のうちに拳をぎゅっと握った令花を見つめて、伯蓮が苦笑いする。

「それでわざわざ『悪姫』のお出ましか。おかしいと思ったんだ、昼餉《ひるげ》前に戻ってきてみれば久遠は薫香殿《くんこうでん》にいないし、皆の空気が妙に重いし。お前、今回は何をやったんだ」

「はい。こちらの藁《わら》人形を逆《さか》さ吊《づ》りにして、昨晩から今朝にかけて軒先にぶら下げておりました。併せてこの張り紙を赤殿の外壁に大量に貼りつけ、近くで高笑いすることで、『悪姫』としての所信表明を行った次第です」

令花は藁人形と共に、「大怨《たいえん》」と赤字で大書された紙を取り出して見せた。

渋い顔で紙を見やった伯蓮は、次いで、藁人形が着ている白地に黄色の服に気づいてぎょっと目を剝《む》く。

「おい。文字はともかくこの人形の服、どこか見覚えがあると思ったら、まさか俺の格好をさせているのか!?　うわ、耳飾りまで再現しなくても……」

「たいへんな無礼を働き、申し訳ありません」

真摯に令花は頭を下げた。

「しかしこれも『悪姫』としての活動のため、どうかご理解ください。殿下を模した人形を虐げるような者が、まさか寵妃であるとは誰も思わないはず。これで、殿下が『悪姫』のもとにお渡りになったなどという噂も自然と消えるでしょう」

夜なべして人形に着せる衣装を作った甲斐《かい》もあったというものだ。

「……この紙もそのつもりで貼ったのか？」

「ええ。誤った噂を広めた者たちを怨《うら》む、と『悪姫』の気持ちを示しておきました」

このような行い、皇家に対する許されない不忠ではあるけれども、これも伯蓮との計画のため。令花としては効果を見込んで、断腸の思いでとった行動なのだ。

それだけに、さぞかし効果的なはず——と、思っているのだが。

「あー」

なぜだか伯蓮は額に手を置き、顔を引《ひ》き攣《つ》らせた。

「いや、むしろ俺は……宮女たちが、『殿下がこのところお渡りにならないせいで「悪姫」が寂しがって怒っている』とか言っているのを聞いたんだが」

「え？」

「この大怨って張り紙も、『私を放っておくなんて怨めしい！』みたいな意味だと思われたんじゃないか」

「えぇっ⁉」

（そ、そんな……！　わざわざ墓穴を掘ってしまうだなんて）

悄然《しょうぜん》と俯《うつむ》いた令花に、伯蓮は頭を振り、どこか慰めるように言った。

「その、なんだ……そう落ち込むな。お前、そんなに寵妃扱いが嫌なのか。いいじゃないか、傾国の美女だって立派な悪の一種だろう」

「それは違います」

きりっと眉を吊り上《あ》げ、思わず強い口調で令花は答える。

「殿下もご存じのように、『悪姫』は私が作り上げた、大切な役柄なんです！　このお役目の印象を守り通すことは、私にとっては使命を果たすことと同じくらい重要なんです」

身震いするほどの悪人顔揃《ぞろ》いの胡家にあって、令花は例外的に可愛《かわい》らしい外見である。

それを負い目に感じていたからこそ、見出《みいだ》したのが『悪姫』という役柄だったのだ。

（計画に支障をきたさないためにも、役柄の印象を守るためにも。なんとかして、『悪姫』への誤解を解きたかったのに）

その一心での行いが、裏目に出てしまうとは——

そんなふうに令花が思っていると、一方で、伯蓮は姿勢を戻してふっと肩を竦めた。

「まあ、確かに。東宮が『悪姫』に牛耳られているなんて噂、あまり広まらないほうがよかったのかもしれないな」

「え……」

「厄介なことになった」

苦々しい面持ちに変わった伯蓮が、ぽつりと告げた。

瞬間、纏う空気の変化から事態の深刻さを悟り、令花も居住まいを正す。

「殿下、それはいかなる……？　またどなたか、皇子の方々との間に問題でも」

「ああ。しかも、今回は前とは違った意味で問題のある奴でな」

短く嘆息してから、伯蓮は続けた。

「この国の中央にある州……忠後州《ちゅうご》は、お前も知っているよな」

「はい。輝雲の東にあり、腑湖《ふこ》を擁する広大な地域ですね」

夏輪国には、版図の中央を横断するように河川が流れている。その河川のちょうど真ん中に陣取っているのが、国内で最も大きな湖である腑湖だ。

（私はまだ行ったことはないけれど、まるで海のように広く美しい湖だとか。夏輪国の物流の要となる場所でもあり、忠後州にはたくさんの商家が軒を連ね、湖には大きな港がいくつもあるとか……）

忠後州や腑湖に関する知識をいくつか頭に並べていると、伯蓮が応じるように語る。

「知っているだろうが、俺たち皇子は夏輪国内に、それぞれ領地と軍権を持っている。その中で忠後州に広大な領地を任されている第五皇子が……俺より八つほど年上なんだが」

こちらをひたと見据えて、彼は言った。

「近々、東宮に来るそうだ。無責任で素行不良な皇太子を、正面から糾弾するためにな」

「そ、そんな！」

令花が目を丸くすると、伯蓮はまたも苦笑いした。

「別に驚くことでもないだろ。俺がどれだけいい加減な人間か、お前だってよくわかっているだろうに」

「いえ、ですが殿下は……！　国内の反乱分子を明らかにするために、わざとそのように演じておられるだけで」

そこまで語ったところで、はたと令花は気づく。

皇子たちの間では、伯蓮は皇太子たる器に非《あら》ず――という認識になっている。それは幼い頃から見くびられてきた伯蓮が、逆に状況を利用するために作り上げた誤った印象だ。

伯蓮皇子は放埒《ほうらつ》で、無責任で、かつ臆病な人物。そう考えて油断した皇子たちから、後の禍根となる人物を誘い出して対処する。それが伯蓮の計画である。

（けれどもし、油断して悪事を働くのではなく……逆に不正を糺《ただ》そうとする人物がいた

ら）

令花がこれまでに会った伯蓮以外の皇子たちは、残念ながら立派な人物ではなかった。

しかし、仮に公正で真っ当な人格の持ち主がこの東宮の状況を見れば恐らく憤るだろう。皇太子はいつまでも太子妃を定めずにふらふらしており、あまつさえ国家の大悪人である胡家の令嬢に現《うつつ》を抜かしているなどという状態では――

「殿下が『悪姫』にたぶらかされているという噂《うわさ》が、忠後州にまで届くこととなり……第五皇子殿下はそれを問《と》い質《ただ》すために、こちらまでいらっしゃるというわけですね」

「理解が早いな、その通りだ」

やれやれ、と伯蓮は頭を振る。

「藤貴《とうき》兄上……つまり第五皇子は、兄弟の中でも随一の堅物なんだ。真面目で誠実と言えば聞こえはいいが、要は杓子定規《しゃくしじょうぎ》すぎて融通が利かない。元から不埒者な俺のことはよく思っていなかっただろうが、今回聞こえてきた噂話で、ついに堪忍袋の緒が切れたってところだろう」

「それで、こちらにまで」

「ああ。江楓が事件を起こしたのも、『悪姫』に骨抜きにされている情けない俺の責任だというので、直々にお叱りの言葉を授けにおいでになるんだとさ」

今日受け取ったのだという手紙を懐から取り出し、ひらひらとさせながら彼は言う。

「困ったもんだよな。ははは」

「どうなさるおつもりですか？」

眉を曇らせつつ、令花は問うた。

「今後も『悪姫』が東宮にいたままではご納得いただけないでしょうが、私がいなくなれば殿下のご計画に支障が生じるでしょうし……いっそのこと、藤貴様に真実をお伝えするというのは？」

「駄目、駄目。言っただろう、あいつはすさまじい堅物なんだ。『全部わざとなんです』と告げたところで、納得しないさ。『なぜ周囲を謀るような真似《まね》をするんだ、正しいことならば堂々とやれ』と、こう来るだろうな」

「ううん、そうですか……」

正論だが、そうはいかない。闇に潜む悪、それも胡家では手が出せない皇子たちの中にある悪意を引きずり出すには、伯蓮と令花のこの『演目』が必要不可欠なのだから。

「となると、もはや上手《うま》くごまかすしか方法は……」

「だろうな。まあ、そんなに心配するな。藤貴兄上はある意味、第二皇子連中よりも厄介ではあるが、対処の方法がないわけじゃない」

楽観的に響く伯蓮の言葉に、令花は伏せていた視線をふと上げた。

快活な輝きを放つ彼の瞳が、こちらにまっすぐに向けられている。

「そのためには、お前の働きが大事なんだ。また協力してくれるよな、久遠？」

優しく弟の名を呼んで、伯蓮はにこりと微笑《ほほえ》む。

木漏れ日のような温かさを持つその笑顔に、令花の心臓はかすかに跳ねた。

けれどそれより、気になることがある。

（なぜ久遠の働きが鍵に？）

首を傾《かし》げる令花に、伯蓮は説明を始めた。

数日後に催される藤貴歓待の宴《うたげ》、そこでの計画について。

＊＊＊

東宮の区画に足を踏み入れた時、初めて対面することとなる建物・花角殿《かかくでん》。東宮において最も華美を極めるこの場所は、今日もまた壮麗に飾り立てられていた。

日が西の空に沈みはじめ、宵闇が迫りつつある屋内を、いくつもの灯篭が鮮やかに照らしている。そしていずれの灯篭にも、同じ装飾が施されていた。麒麟《きりん》——すなわち、夏輪国において皇帝直系の男子が象徴として用いる瑞獣《ずいじゅう》である。

皇子の来訪を受けて皇子が開催する宴であることをはっきりと示す調度品が、場に幻想的な美しさだけでなく、厳粛な雰囲気をも醸し出している。

曇りなく磨き上げられた黒い大理石の床の上に、鈍く輝く黒檀《こくたん》の食卓が設《しつら》えられていた。

その一席に泰然と、しかしどこか不敵な面持ちで腰かけているのは伯蓮である。

太子妃候補たちはここにいない——彼女らにも第五皇子の訪問自体は伝わっているが、伯蓮の判断でそれぞれの居所に留まってもらっている。

ただ一人、来訪を待つ伯蓮の表情からは、焦りの類は一切見られない。

(それだけ、今日の計画に自信をお持ちということなのかしら……?)

花角殿の入り口近く、窓に張られた帷幕《いばく》の陰にこっそりと久遠の姿で隠れつつ、令花はそう思った。

もっとも、伯蓮が提案してきた計画というのは、とても単純なものである。

『俺が佩玉《はいぎょく》を指で摘まんで二回ひらひらさせたら、お前はさも今駆けつけたって顔して、俺たちの間に割って入れ』

佩玉は皇子であることを証明する、麒麟が浮き彫りにされている翡翠《ひすい》の装身具。

久遠の姿をした令花もまた、今腰帯に同じものを下げている。手が自然に当たる位置にあることを考えれば、ひそかに合図を出すための道具としては適切だろう。

けれど「久遠が割って入る」というたったそれだけで、本当に相手は納得してくれるのだろうか？　藤貴が伯蓮の語ったようなすさまじい堅物ならば、いくら子どもが出てきて何かしたところで、態度を変えなどしないのではないか――

（……いいえ）

と、令花は内心で頭を振った。

（藤貴様がどのような方なのか、この場で一番よくご存じなのは殿下だわ。演技も密計も、段取りを守るのが大切。まずはじっと息を潜めているようにしましょう）

幼い頃に実家で習った『気配を殺す呼吸法』を忠実に行いながら、静かに事の成り行きを見守る。

するとほどなくして辺りに響いたのは、東宮付きの老宦官《かんがん》・陳《ちん》の大音声だった。

「第五皇子・藤貴様、ご来臨でありま～す！」

「……来たか」

呟《つぶや》きと共に、伯蓮はその場に立つ。それとほぼ同時に重厚な朱塗りの扉が音もなく開くと、奥から二つの人影が姿を見せた。

先導するように歩く小柄な人物は、先ほどの声の主の陳である。

その後ろから現れたのは陳よりはるかに長身で、威厳ある面持ちの美青年だった。

艶《つや》やかな黒髪が、丁寧に烏紗帽《うさ》の下に隠されている。やや太い眉の下の涼やかな双眸《そうぼう》は、揺らぐこともなく伯蓮の姿をじっと捉えていた。すっと通った鼻筋と体格のよさは、どことなく伯蓮との血の繋《つな》がりを感じさせる。一方で、堅牢《けんろう》な城門のごとくぴったりと閉ざされた口元からは、実直さが滲《にじ》み出《で》ていた。

ともすれば質素すぎる印象すら与えそうな、しかし一目でわかるほどに仕立てのよい焦げ茶と赤を基調とした衣服を纏《まと》い、その腰帯からは、淡い緑色に輝く佩玉を下げている。

そう、麒麟の浮き彫りが施された佩玉――

（あの方が、藤貴様……！）

帷幕の隙間から様子を窺《うかが》いつつ、令花はわずかに目を見開いた。

その間に、藤貴は伯蓮の姿を捉えたままぴたりと立ち止まると、拱手《きょうしゅ》をして深々と頭《こうべ》を垂れる。その後ろには誰もいない。どうやら供連れもなく、一人でここに来たようだ。

「皇太子殿下には、ご機嫌麗しく」

彼の声は、大きく古い弦楽器のように低く、深く響いた。

「このたびは拝謁を賜り、感謝申し上げる」

あくまでも皇位継承者に対する態度を見せる藤貴に、伯蓮は悠然と応える。

「これはこれは、藤貴兄上」

伯蓮は弟としての礼をしながら続けた。

「忠後州から、遠路はるばるようこそ。お叱りの言葉を手紙だけに留《とど》めておいてくだされば、わざわざご足労いただくこともなかったんですがね」

へらへらした笑みを浮かべながら、あたかも挑発するように軽薄な口調で、伯蓮は言い放つ。それを聞いた藤貴の表情が、ぴくりと変化した。

眉間に皺《しわ》を寄せた彼は、内心の嫌悪感を剝《む》き出《だ》しにするかのように眼差《まなざ》しを鋭くする。

「そうか、伯蓮。そちらが非礼で応じるというなら」

低く響く声はそのままに、口調と共に佇《たたず》まいも変えて、ゆっくりと腕を組んだ藤貴は続けた。

「私も兄としてお前と話そう。……伯蓮、なんだ過日の体たらくは。江楓にしてやられたお前の情けない失態は、我が領地にまで届いているぞ」

「失態、と仰《おっしゃ》いましても」

悪びれた様子もなく、伯蓮は肩を竦《すく》めるように両腕を軽く開く。

「あの優しい江楓兄上が、廃太子などという恐ろしい計略を張り巡らせていたとは知る由もなく。それとも藤貴兄上ならば、事前に察知できていたとでも？」

「最低限の公務の他はふらふらと遊びまわり、責務を嫌い、常に酒香を纏わせる……そのような振る舞いをしているから、悪《あ》しき企《たくら》みにつけ入られるのだ。隙がなければ、そもそも奸計《かんけい》を巡らされる恐れもない」

諭すように、しかし語気は強く藤貴は語る。

令花は彼の言葉を聞きながら、じっとその身動きを観察した。

藤貴の視線は花角殿に踏み入った時と変わらずまっすぐに伯蓮を見据えており、ぶれることはない。胸の辺りで腕を組んだその姿勢が示す心理は警戒、および相手を威圧したいという欲求だ。

（……察するに、藤貴様は手紙にあった通り、本心から殿下を咎《とが》めだてするためにここにいらしているのね）

例えば伯蓮を馬鹿にしたいとか、ただ悪口を言い並べたいという気持ちが少しでもあるならば、それは言葉や身動きの内に必ず、知らず知らずのうちに表れる。演技を学ぶと共に「人の心境はどのように立ち居振る舞いを変化させるか」をも学んでいる令花は、藤貴は嘘偽《うそ》りなく語っていると判断した。

一方で、藤貴の言葉はなおも続く。

「いや、お前の素行についてはこの際置いておこう。私が最も許せないのは……伯蓮、お前と『胡家の悪姫』の関係だ」

「やれやれ」

いかにも「その話が来ると思ってましたよ」と言いたげに、伯蓮は鼻を鳴らした。

「まさか兄上まであのような益体もない、根も葉もないつまらぬ噂《うわさ》を信じておいでなのですか？　謹厳実直を人の形にしたような方が」

「思ってもいないことを口にするな。いくらお前でも、我が国における胡家の危険性は充分に承知しているはずだろう！」

語気を荒らげた藤貴は、もどかしげに拳を握っている。

胡家の真の姿を知っているのは、歴代の皇帝と皇后、そして皇太子のみ。だから藤貴が胡家を、対外的な印象通りに巨悪として捉えているのは無理からぬことである。

むしろ藤貴の口から胡家の話題が出て、令花は密《ひそ》かに心を躍らせた。

（一族の威名は、忠後州の皇子殿下にまで届いているのね。どんな話が伝わっているのかしら……）

だが藤貴が続けて何事か語るより先に、伯蓮が二度、手を打ち鳴らした。

「陳！」

「ひゃ、ひゃいっ！」

それまで皇子同士のやり取りを肩身が狭そうな表情で眺めていた陳は、主人からの呼びかけに跳びあがって応えた。にやりと見やってから、伯蓮は言う。

「兄上は長旅でお疲れのご様子だ。いつまでもそこに立っていていただくわけにはいかない。すぐに食事の支度を」

「かしこまりました！」

陳はばね仕掛けの玩具のような動きで深く一礼すると、宮女たちに指示を出しはじめた。

「兄上、どうぞそちらにお掛けください。積もる話は食後にしませんか？　お腹《なか》が空いていると苛々《いらいら》するでしょう」

「あいにく、空腹で苛立《いらだ》つような幼い精神性は持ち合わせていない」

明らかに苛立っていながらも真面目にそう答えつつ、藤貴は勧められた席に向かっている。伯蓮の言葉を無視して糾弾し続けるのも無礼だ、と考えたのだろう。

藤貴がちょうど席についた頃合いを見計らって、宮女たちが次々と酒や料理を運びこんできた。

乾杯用の白酒を筆頭に、空豆の葱油《ねぎあぶらいた》炒めや蓬《よもぎ》を使った深緑の団子、さらにはひときわ大きな皿に盛られた、真っ赤な甲羅の蟹《かに》料理など――

「今朝獲《と》れたばかりの、最高級のものを用意させたんですよ」

自分の前にも並べられた蟹を指しつつ、伯蓮は微笑みを崩さずに言う。

それでも藤貴は無言のまま、じっと眼前の食卓を見つめていた。

まるで、料理がすべて運び込まれるのを待っているかのように。

果たして宴席の酒食が揃《そろ》い、陳が深く一礼をして下がると、藤貴は一度両目を閉じ、おもむろに口を開いた。

「私の訪問に合わせて美酒美食を用意してくれた、この東宮に仕える者たちの労務に感謝する」

しかし——と、瞼《まぶた》を開いて彼は続ける。

「私は食事を楽しむためにここに来たのではない。愚弟の心根を改めさせるために来たのだ。伯蓮、話を聞け」

「乾杯の挨拶は短いほうが好まれますよ、兄上」

「いいから聞け」

鋭い眼差しを伯蓮に向け、藤貴は語った。

「建国以来、夏輪国の暗部には常に胡家が潜んでいる。数々の政敵を血祭りにあげてきた悪辣さ、そして歴代の皇帝や能臣《のうしん》たちが幾度となく排除を試みても、そのことごとくを退ける狡猾《こうかつ》さを併せ持つ一族——彼らは、この国にとって明確な『悪』だ」

（お褒めに預かり畏れ多いわ）

と、令花は皮肉でもなく素直にそう思った。

「そんな悪の一族の姫を東宮に迎え入れたばかりか、あまつさえ骨抜きにされるとは……お前には太子妃候補として、優れた資質と才覚を持つ女性たちが他に四人も目通りしていると聞く。なぜその者たちではなく、『悪姫』を選んだ？　魔性の美貌とやらにたぶらかされでもしたのか」

「兄上、どうやらいろいろと誤解があるようですね」

伯蓮はやや真剣な面持ちになって応える。

「先ほど申し上げた通り、俺が『胡家の悪姫』に入れ込んでいるなどというのは、事実無根の噂に過ぎません。そもそもあの者を東宮に置いたままなのは、一族の者をこちらの手元に留めることで、胡家を牽制《けんせい》するためです」

「ほう。江楓の邸宅に監禁された折、お前を救いに来たのは胡家の者だったとも聞いたが、誤りだというのか？」

「胡家の者たちは来ましたが、それはあの場に現れた『悪姫』の手引きですよ」

完全な事実ではないが嘘とも言えないことを、伯蓮は語る。

「『悪姫』は己の名を騙《かた》られることを嫌います。東宮で起きた騒ぎが『悪姫』の仕業だなどと随分騒がれたせいで腹を立て、元凶である江楓を叩《たた》きに行ったのです。胡家の者たちは、『悪姫』の加勢をしたに過ぎません」

伯蓮は未《いま》だに口をつけられることのない杯を手で弄びながら、「ああ」と短く告げた。

「東宮を勝手に出た件については、きちんと処罰を下しましたのでご心配なく。居所に一ヵ月、蟄居《ちっきょ》するよう命じましたから」

(……一応、名目上では本当のことね)

令花は事件直後を思い出した。東宮にいる妃《きさき》候補は、基本的に勝手に外出できない。だが『悪姫』はこれに背き、江楓の邸宅に行った――というかどで、伯蓮から直々に罰を与えられたのだ。結果的には単にその間、令花が久遠として活動したというだけで済んだ話だけれど。

「もっとも、基本的にあの者は赤殿の外に出ては来ませんがね」

「なるほど」

藤貴はゆっくりと瞬きをした。その間に彼は右手で銀製の食器――蟹の身を取り出すために用いる、細く長い棒状の食器である――を食卓から摑《つか》み上げている。

「理にかなっている……としておいてやろう。今のところは」

「痛み入ります」

「しかしだ」

その手に銀の食器を握ったまま、藤貴は伯蓮を睨《にら》みつけた。

「ここまではお前の言葉を信じるとしても、一つ不可解な点がある。なぜ、いつまで経《た》っても太子妃を擁立しない？　立太子された以上、早急に妃を迎えて地盤を確かなものにするのが、お前の務めだろう」

「ああ、兄上はご存じないのですね。忠後州には伝わっていないのでしょうか」

伯蓮は目を細めた。

「実は、俺たちと同じ血を引く弟を引き取り、この東宮で共に暮らしているんです。仁頭《じんとう》州の寒村で母を喪《うしな》い貧しい暮らしをしていたところに、偶然出くわしましてね」

「……」

藤貴は何も言わない。ただ、これ以上ないほどに視線を鋭くしただけだ。

だから、伯蓮はさらに重ねて説明した。

「久遠という名で、十一歳になります。残念なことに、それまでの過酷な暮らしのせいか病弱で、熱を出してしまう日も多く……そんな久遠を放っておいて、太子妃を選出して婚儀を取り計らうなんて、俺にはとてもできないんですよ」

「……そうか」

短く応えて、藤貴はおもむろに立ち上がった。右手には、なおも銀製の棒状の食器を握りしめたままだ。どことなく剣呑《けんのん》な佇まいに、じっと事態を見守る令花だけでなく、伯蓮もわずかに眉を顰《ひそ》める。

「つまり伯蓮、お前はその久遠のために……彼が健康になり独り立ちできるようになるまで、気がかりゆえに太子妃を娶《めと》り国事を行うなどできないと、そう言いたいのだな」

「はい。非常に心苦しいのですが」

「よくわかった」

またも短く、きっぱりと藤貴は言う。

（ご納得いただけたのかしら……？）

令花がそう思った瞬間、藤貴の右手が素早く動いた。

彼は銀の食器の鋭い尖端《せんたん》を、見開いた己の右目すれすれにまで近づけたのだ。

（まあ！）

「兄上!?」

令花も、そしてさすがの伯蓮も動揺した。かたや藤貴は席を立った伯蓮を制止するような視線を投げかけると、食器の尖端を自分に向けたまま、憤りを隠さずに口を開く。

「動くな、伯蓮。よくわかった……お前が兄に対しても虚言を吐くような人間だということが、な」

「何を……」

「父上のこれまでの女性関係を鑑みれば、寒村に私たちと同じ血を引く子が取り残されていることは、充分にあり得るだろう」

あと少しでも手を動かせば自分の右目を突き刺してしまいかねない状況だというのに、藤貴は怯《ひる》む様子もなく続ける。

「だが、病弱な子どもを引き取り養育する覚悟など、生半可に持てるものではない。わけてもお前のような不埒者《ふらちもの》が、そんな心根を持ち合わせているとは思えない」

「……ちょっと、それは随分な言い草じゃありませんか？」

「なんとでも吠《ほ》えるがいい」

軽口交じりに非難した伯蓮に静かに応じた後、藤貴は堂々と言い放った。

「なぜお前は己の責務から逃げる？　偽りなく、真実だけを語れ。さもなくば……お前がこれ以上ごまかした返答をしたなら、私は躊躇《ちゅうちょ》なくこの食器を右目に突き刺す」

単なる脅しには思えない。それほどに藤貴の言葉は厳粛な響きを帯びていた。

陳が「あわわわ」と呻《うめ》いて、腰を抜かしそうになるほどに。

（……どこまでもまっすぐな方なのね）

驚きと感嘆と共に、令花は固唾を呑《の》む。

相手から情報を引き出して交渉を優位に進めるために、材料を用意して脅迫するというのは、古今東西どこにでもある手段の一つ。

（けれど、相手が失って困るものではなく自分自身を脅しの材料にするだなんて。もし殿下が冷たい心根の持ち主だったら、藤貴様がいくら傷ついても一顧だにしないかもしれないのに）

そう、自分を脅迫の材料にできる時とは、相手にとっても自分が大切な存在である時か、でなければ相手が他人を傷つけること自体を恐れる性格だと確証が持てる場合だけだ。

藤貴にとって、伯蓮は信用ならない不埒者であるはず。となれば、藤貴が傷つくことなど構わずに、伯蓮が嘘《うそ》を吐《つ》く恐れがあることも予想できているに違いない。

（にもかかわらず、あんなに堂々とご自身を危険に晒《さら》せるとは……）

兄弟たちの間では「惰弱」で通っている伯蓮を侮っているからなのか。それとも、仮にも皇太子である伯蓮を直接的に脅すことは不敬にあたると、己の礼節を守るためにあんな行為をしているのだろうか。

いずれにせよ、伯蓮が語った「ある意味、第二皇子連中より厄介」という言葉はまさに的を射ていたと言う他ない。

令花が見守る視界の中で、笑みを消した伯蓮が問いかける。

「兄上、本気ですか」

「私は常に真実のみを語る。今度はお前の番だ」

弟の様子をじっと窺《うかが》うように、藤貴はゆっくりと語った。

伯蓮はそれに応じるように、まっすぐに相手の視線を受け止めている。

一方で彼の手は、ゆっくりと腰に近づく。その手が佩玉を摘まみ、二度ひらひらと動かした。

（合図だわ！）

帷幕《いばく》の隙間から静かに滑り出るように、かついかにも急いで駆けつけてきたと言わんばかりの剣幕で、令花は久遠として場に現れようと動く。

だがしかし、こちらが飛び出すよりも早く——

「兄様ーっ！」

変声期は迎えているものの男性としては若干高い、聞き覚えのない声が花角殿に響く。

その言葉に誰よりも早く反応したのは、藤貴だった。

弾《はじ》かれたように彼が振り返った先、伯蓮が向けた視線の先に立っていたのは、濃紺の衣服に身を包んだ一人の青年である。

年の頃は、令花より少し下だろうか。長い黒髪を後ろで一つの緩やかな三つ編みに束ねた彼は、くりっとした利発そうな瞳に驚きの色を映している。すっきりと整った顔の造作からは藤貴と同種の生真面目さを感じさせるが、同時にその表情は、どこか愛嬌《あいきょう》という親しみやすい雰囲気を醸し出していた。

頬を上気させているところから見て、恐らく必死に走ってきたのだろう。そんな青年の腰にもまた、麒麟の浮き彫りが施された佩玉がぶら下がって揺れている。

(ということは、あの方も皇子……！)

「桑海《そうかい》！」

真っ先にその名を呼んだのは藤貴だった。青年・桑海は応じるように、急いで兄の元へと向かう。

虚を衝《つ》かれたような表情の藤貴、そして黙して状況を見定めている様子の伯蓮の前で、桑海は慌てた様子で口を開いた。

「兄様っ、無茶はよしてくださいとあれほど言ったのに！　兄様のことだからまた、本当のことを話さないならご自分の目を潰すとか頭を突き刺すとか、極端なことを仰《おっしゃ》ったんでしょう！」

「我が身をどうしようと、それは私の都合だ。お前は気にしなくていい」

「気にしますよ！　とにかくその危険そうなものから手を……あっ」

そこで桑海は伯蓮のほうを見やると、さらに頬を赤く染めて深々と礼をした。

「も、申し訳ありません、伯蓮兄上！　僕を覚えていらっしゃいますか……？　第十七皇子の桑海です」

「ああ、覚えているとも」

伯蓮は表情を緩めて鷹揚《おうよう》に答えた。

「藤貴の領地で補佐役を務める、我々の弟。亡き長兄殿下の葬礼の日以来か？　元気そうで何よりだ」

「え、えへへ、恐れ入ります。えっと、本日はお日柄もよく……じゃなくて、いきなり押しかけてしまってすみません」

「私の領地は、桑海と共同して治めている。今回も、その都合で共に輝雲へと参じた」

伯蓮に険しい目を向けながら、補足するように藤貴が言った。

「だがこの件は、桑海には関係ない。だから待機していろと言ったはずなのだが」

「関係なくありませんよ、僕だって皇子の端くれです！　それに兄様は放っておくと、いつも自分の身を犠牲にしようとなさるから、僕は気が気じゃないんですよ。今日だって嫌な予感がしたんですから」

ぷりぷりと怒りを表明しながら、桑海は言う。

「ともかく、話し合いなら物騒なものなしでもできるでしょう。その危なそうなものから手を放してください、ほら！」

手からはみ出した食器の両端に桑海が諸手《もろて》をかけると、藤貴は観念したようにぱっと手を放した。凶器を回収した桑海は、ほっと息を吐いて安堵《あんど》する。

「ああ、よかった。まったくこんな長細いものを目に突きつけるだなんて、いくらなんでもやりすぎですよ。いったいなんなんですか、これ……？」

桑海は手の中にあるものを確認するためか、視線を下げた。

食器の鋭い尖端は、ちょうど彼のほうを向いている。

「おい、桑海」

何か注意するような声音を藤貴が発した直後、桑海は叫んだ。

「ぎゃーっ！」

誤って突き刺してしまったのかと思いきや、そうではない。鋭利な尖端に気づいた途端、桑海が食器を取り落としながら、ひっくり返るように腰を抜かしたのだ。

それを見てほとんど反射的に、令花は今度こそ帷幕から飛び出していた。

「大丈夫ですか!?」

「久遠！」

驚く伯蓮に健気《けなげ》に一礼してから、久遠は桑海に駆け寄り、手を貸す。

桑海はというと、顔を真っ赤にしながら何度も頭を下げていた。

「あの、ごめんなさい。僕、昔っから尖《とが》ったものを見るのが苦手なんです……」

「何をやっているんだ、桑海」

呆《あき》れた顔で弟を見つめた藤貴は、次いで久遠に目を向けた。その目は穏やかなものである。

（久遠はまだまだこういう場に慣れていないから……恐縮するわよね、きっと）

そう考えて、令花は久遠として、いかにももじもじしたように面を伏せた。

しかし、藤貴はそんな久遠に対して優しく声をかける。

「弟が驚かせてしまったこと、謝罪する。助けてくれてありがとう。ところで、君は……」

「久遠、大丈夫か？」

藤貴が言い終えるより先に、さっと近づいてきた伯蓮が、すかさず久遠を抱き上げた。

「わっ、兄上！」

「心配して来てくれたのか？　平気だと言ったのに……お前は怪我《けが》をしていないか？　足

を捻《ひね》ったりはしていないな」

いかにも心配するように言いながら、こちらにだけ見える角度で、伯蓮は満足げに目配せしている。

(ちょっと計画と違う展開になってしまったけれど、問題ないというご判断……で、いいのかしら)

それはそれとして、いきなり抱きかかえられるのにはやっぱり慣れない——などと思い、令花はちょっとどきどきした。

一方で久遠を抱き上げたまま、伯蓮は藤貴と桑海に向き直る。

「兄上、桑海殿、こちらが現在俺が養育している弟の久遠だ。久遠、こちらはお前の兄君にあたる方々だぞ」

「は、はじめまして。久遠と申します!」

本当は下りて拱手《きょうしゅ》したかったのだが、それもできないので、久遠はぺこりと頭だけを下げた。続けて、どぎまぎした様子で語る。

「いきなり来てしまって、ごめんなさい。伯蓮兄上には、お屋敷《やしき》にいるように仰せつかっていたのですが……心配になって花角殿の近くにいたところ、大きな声が聞こえたので、つい心配になって」

「久遠、本当にお前は優しい子だな。今朝は熱を出していたのだし無理するな、と言ったじゃないか」

慈愛に満ちた表情で言って、伯蓮はそっと久遠の額に手を置いた。

(……こういう時の殿下の演技は、本当に真に迫ったものなのよね。勉強になる……)

演技だとわかっていても胸を打つ彼の目の温かさに、令花は感嘆していた。対して、桑海は目を丸くしている。

「僕たちの、弟!? そうか、兄様、伯蓮兄上が末の弟を助けて育てているっていう噂《うわさ》は本当だったんですよ！」

「……どうやらそのようだ」

小さく藤貴は首肯している。彼の目は、久遠をじっと見つめていた。

(まだ疑って……？　いえ、それにしては穏やかな目をしていらっしゃるわ)

むしろ何か、遠い過去を思い出しているような遠い目と呼ぶべきか。

いずれにせよ、もはや藤貴には、伯蓮の言葉を疑うつもりはないようだ。

それを察して、伯蓮はふっと表情を緩めた。

「なんだ、兄上は久遠をご存じだったんじゃないですか。だったら最初から、俺の話を信じてくれればよかったのに」

「黙れ。私は何事も、己の目で見定めるまでは信じない」

「僕は信じますよ！　こんなに可愛《かわい》くて優しい子が病弱なら、助けてあげたくなるものですって。それに、ちゃんと佩玉も持っているんだし……」

ちらりとこちらの腰にぶら下がる身の証《あかし》を見つめた後、桑海は明るく手を振ってみせた。

「こんにちは、久遠くん！　僕は一応、君の兄ってことになるけれど……さっきは情けない姿を見せてしまってごめんね」

「い、いえ」

久遠ははにかんで、緩く首を横に振る。

だが令花はというと、ふと、桑海がこちらに向けている手のひらが気になっていた。

正確には、親指の付け根から手首に向かって伸びている痣《あざ》、あるいは細長いタコのようなものだ。遠目ではわかりづらいが、確かに桑海の右手にだけくっきりと刻まれている。

（珍しいところに、痕をお持ちなのね……）

例えば能書家の利き手の中指と薬指にはタコができやすい、といったように、ある職業の人間は身体《からだ》の特定の部位に何かしらの特徴を持つ場合がある。けれど、あのような場所に痣やタコができる職業とはいったいなんだったか？

頭の片隅で思い出せずにいるこちらに、桑海はなおも友好的な態度で言葉を重ねた。

「僕、母親違いの弟は一応あと二人いるんだけれど、会う機会が少ないし、会ってもほとんど話さないし。だから、久遠くんは仲良くしてくれると嬉《うれ》しいな！」

「は、はい。もちろん」

「ありがとう！　あ、それと……僕がビビリだってことはみんなには内緒にしていてね」

えへへへ、と後ろ頭を掻《か》きながら苦笑する桑海の肩に、藤貴がぽんと手を置く。

「お前が大声をあげ、事態を無用に混乱させたのは事実だ。隠匿は虚偽に繋《つな》がるぞ」

「は、はい。ごめんなさい」

しゅんと弟が静まり返ったのを待ってから、藤貴は再び伯蓮に視線を向ける。

その目は、未《いま》だに嫌悪感は滲《にじ》ませているものの、先ほどまでよりは随分と落ち着いたものになっていた。

「伯蓮。お前の弁明、今日のところは、久遠に免じて信じてやるとしよう」

「お心遣いに感謝します、兄上」

「だが」

眉間に皺《しわ》を寄せ、低く厳粛に、藤貴は続ける。

「私は、お前を認めない」

突き放すような、厳しい一言。

ただそれだけを残して、藤貴はすたすたと花角殿の出口へ歩み去っていく。

「あれっ、に、兄様!? ご飯食べないんですか、もったいないなあ……！」

桑海もまた、ぺこりとこちらに頭を下げてから、兄に続いて外へ出て行く。

陳が慌てて彼らを見送ろうとするのを見届けてから、伯蓮はこちらにだけ聞こえる声量で、ぼそりと言った。

「よくやったな、久遠。多少計画とは違ったが、これはこれで問題なしだ」

「あの、でも、本当にあれでよかったのですか……？　ご納得いただけているのならいいのですが」

「何を言う、ばっちりだよ。理由は後で説明してやる。薫香殿に戻ってからな！」

そう告げて伯蓮は久遠を床に下ろすと、優しく弟の頭に手をのばす。

――抱き上げられることだけじゃなく、彼の温かい手に撫《な》でられる感触にも、まだ慣れない。「撫でられて嬉しい」という気持ちは久遠のもののはずなのに、どうして令花自身まで、喜ばしいと思ってしまうんだろう。

（ううん、私が未熟者だからに決まっているわ）

内心で頭を振り、胸の中のぽわぽわした感覚を掻き消そうとする。

（それにしても……ここには私たち以外誰もいないはずなのに、どうして殿下は溺愛の演技を続けておられるのかしら？　たとえ観客がおらずとも気を抜かないというのが、演技者として正しい態度だからなのだとしたら、殿下は並々ならぬ熱意をお持ちなのね……）

やがて戻ってきた陳から、藤貴と桑海が東宮を去ったという知らせを受けるまで、令花はそんなことをぼんやり考えていたのだった。

＊＊＊

「いや～、さすが藤貴兄上。俺の思う通りに動いてくださったな！」

月が昇った頃、伯蓮と久遠が寝起きする薫香殿にて。

すっかり普段と同じ放埒《ほうらつ》な態度で呵々大笑《かかたいしょう》すると、伯蓮は上機嫌に続けて言った。

「さんざん挑発して怒らせれば、いずれ何か過激なことをしでかすと思ったんだよ。で、その時機に久遠がひょっこり現れれば、藤貴兄上は気勢を殺《そ》がれるってわけだ」

「なぜ久遠が現れただけで……？」

「それはもちろん、桑海を思い出すからさ」

――え？　と戸惑う令花に、伯蓮はさらに説明した。

「さっき二人も言っていただろう？　兄上と桑海は共同して領地を治めている。なぜなら桑海も久遠みたいに、禁城の外にいるところを、兄上に保護されて育った皇子だからだ。聞いた話では、母親を亡くして独りぼっちになっていたのを、偶然兄上に見いだされて救われたらしい」

「そうだったのですね……」

それは本当に、久遠の身の上話と同じだ。桑海にとって藤貴は命の恩人で、藤貴にとって桑海は名実共に大切な弟分。どうりで、仲がよさそうなわけである。

「自分の大事な弟と同じような身の上で、しかもまだ小さな子どもが目の前に来たとなれば、いくら石頭でも冷静になるだろう。俺が久遠の姿で現れろと命じたのは、それが理由だよ」

少し視線を伏せてから、令花は応える。

「加えて、実際に久遠が殿下に懐いている様子をご覧になり、殿下のお言葉が嘘《うそ》ではないと感じられたのかもしれませんね」

「もしかしたら裏の裏があるのかも、なんて考え方ができないからな……藤貴兄上は。こう言うのもなんだが、ああいう『清く正しい人間』が立太子されずに俺なんかがされた理由、なんとなくわかるだろ？」

「……私からはなんとも申せませんが」

我知らず眉を曇らせて、令花は言葉を濁した。

――伯蓮の言いたいことはわかる。

皇帝として一国を治めるにあたっては、時に非情な決断を迫られたり、謀事《たばかりごと》を用いて外敵に対処しなければならなかったりする場合もあるのだろう。だからこそ夏輪国には皇帝の懐刀、毒刃としての胡家がいるのだ。

そして、もし藤貴が潔白なあまり、そのような謀略の一切を好まないのだとすれば、それこそ「皇帝の器ではない」ことの証左といえる――のかもしれない。

(でも私は、まっすぐであることもまた、人として大切だと思うわ)

特に胡家を恐れるのではなく、真っ向から非難するあの態度は、鮮烈なものとして令花の目に映った。

(お父様がよく仰《おっしゃ》っているもの。胡家に臆して顔色を窺《うかが》う者ではなく、胡家を討滅しようとする者こそが、夏輪国にとって真の宝だと。もしかすると、殿下の今後の未来に必要なのは藤貴様のような方なのかもしれない)

とはいえ見たところ両者の仲は険悪であるし、伯蓮もまた、無事に藤貴を追い返せたことにせいせいしているといった様子だけれども。

「ま、兄上はしばらく輝雲をうろついてちくちく小言を言ってくるかもしれないが、そのうち諦めて領地に戻るだろう。ご苦労だったな、久遠。明日からはいつも通りに過ごして構わないぞ」

「はい。ありがとうございます、兄上」

久遠として頭《こうべ》を垂れ、令花は部屋を退出する。今日はこのまま、久遠として宛がわれた寝室で休むつもりだ。

この時は令花も伯蓮が言った通り、また「いつも通り」の日々が続く——と、思っていたのだが。

＊＊＊

「申し訳ありませんが、紅玉《こうぎょく》様はご多忙にございます」

藤貴来訪から二日後の朝。

紅玉の住処《すみか》——以前事件があった時は一時的に離れていたものの、今はまた住処としている黄殿《おうでん》——の前に集まった瑞晶《ずいしょう》、銀雲《ぎんうん》、琥珀《こはく》、そして久遠は、宮女の言葉にきょとんとした。

しかし黄殿付きの宮女は深く垂れていた頭を上げると、無表情に踵《きびす》を返《かえ》し、扉を開けて中に戻ろうとしている。扉の隙間から漂ってきた屋内の空気は、どこか冷たく感じられた。

「待ってくれ！」

宮女の背に向かい、慌てて声をかけたのは銀雲だ。凛《りん》とした美貌に驚きを浮かべて、彼女は問いかける。

「今日はそもそも紅玉殿の提案で、花見会をする手筈《てはず》になっているのだ。多忙とは、別用が入ったということか？　それとも……」

「ご多忙はご多忙。それ以上の意味はございません」

再びこちらに向き直った宮女は、慇懃《いんぎん》だが突き放すようなお辞儀をしてから続けた。

「そうでした、ご伝言もございます。『今後は一切、他の妃《きさき》候補と関わることはしない』そうです。『どうぞ皆様は心ゆくまで、仲良しごっこをお続けになってください』と」

（なんですって）

久遠として目を丸くした表情そのまま、令花は驚愕《きょうがく》する。

仲良しごっこ——というのは、これまで東宮で太子妃候補たちが共に過ごしてきた日々を指しているのだろうか。彼女らが等しく『悪姫』の恐怖に怯《おび》えることから始まったものの、久遠も加えた温かい交流となった、この数ヵ月間を。

「えっ⁉　今、なんて……」

耳を疑うような言葉に、琥珀は真っ先に目を潤ませている。愛らしい面持ちを曇らせた彼女の背中に、そっと銀雲が触れて慰めた。

一方で瑞晶は、常ならば浮かべている美しい微笑を掻き消し、わずかに表情を強張《こわば》らせて口を開く。

「今のは、まことに紅玉殿ご自身の言葉ですか？　このような突然の心変わり、何か理由があってのことと推察しますが」

「それは……」

宮女は無表情のまま、淡々と何事か語ろうとする。

だがちょうどその時、扉の向こうから見知った人物が顔を見せた。ややふくよかな丸顔、上品に整った顔立ち。紅玉その人である。

（あ！）

彼女の様子を一目見て、令花ははっきりと理解した。──何かが起きている。

いつもであれば同じ妃候補や久遠を見てにっこりと細められるはずの紅玉の目は、冷たい輝きに満ちていた。彼女の唇は、固く結ばれている。

「紅玉殿！」

同じく異変を察知したのだろう瑞晶が、すかさず呼びかけた。

「どうなさったのですか？　ご気分でも悪いのでしょうか……？　一昨日仰っていたように、中庭の芍薬《しゃくやく》が見頃を迎えましたよ」

「さっき、宮女が申し上げた通りですわ」

紅玉は持っている扇で口元を覆うと、冷たい視線のままに応じる。

「私はもう、太子妃候補の皆様と戯れるのはやめにしましたの。私が東宮へ参じたのは、殿下の寵愛《ちょうあい》を受け、家名を高めるため。それを忘れて過ごしていたこの数カ月がどれほど無為なものだったか、ようやく気づいたに過ぎませんわ」

「そ、そんな！」

琥珀が、目に涙をいっぱいに溜《た》めながら反駁《はんばく》する。

「あたし、紅玉殿と……みんなと一緒に過ごせて、すごく楽しいのに！　今日のお花見だって、楽しみにしてたのに……」

「私もだ、紅玉殿」

黙っていた銀雲が口を開く。

「それに、忘れてしまったわけではあるまい。東宮は、『悪姫』の支配下にあるのだ。あなたが殿下のご寵愛を受けようと無理に動けば、必ずかの姫君の魔の手が……」

「わかっていますわ！」

何か抑えきれないものを吐き出すように、紅玉は声をあげた。

「そんなことは、とうにわかっております。それでも私は……やらなければならないんですの。あっ、あなたのように男勝りな方には、こういった機微は理解できないのでしょうけれど！」

「なっ!?」

あからさまな侮辱を受け、銀雲は顔色を変える。

だがそれ以上誰かが何か言う前に、紅玉は宮女と共にそそくさと扉の向こうへ戻っていってしまった。

扉が閉められ——そして、閂《かんぬき》がかかる音も聞こえる。

「紅玉殿……」

久遠としての声音ではあるが、本心をも織り交ぜて令花が呟《つぶや》くと、琥珀の目からぽろりと涙が零《こぼ》れた。

「こんなの、おかしいよ。紅玉殿は本気なの……？」

「だとしても、納得できません。昨日のうちに、何かあったとしか」

普段から伏し目がちの顔をさらに伏せて、沈みきった声音で瑞晶は言う。

その傍らで、銀雲はゆっくりと頭を振った。

「……いや。紅玉殿の言う通りかもしれないな」

「えっ」

びくりと身を震わせた琥珀に、なおも銀雲は語る。

「ここに来たばかりの時にも話したが……本来私たちは、相争うべくして東宮に参じた身だ。『悪姫』への恐怖のために連帯し、いつしか友人のような間柄となっていたけれども」

銀雲は瑞晶を、そして久遠のほうを見やる。その瞳は悲しげだった。

「所詮は仮初の、無聊《ぶりょう》を慰める程度の友情だったのかもしれない。紅玉殿が本分を取り戻したというのなら、私もそれに従うべき時なのかもな」

「そんなことは……！」

「すまない、瑞晶殿。今は少し、頭を冷やしたい。私も己の黒殿《こくでん》に戻るとしよう」

それきり何も言わず、銀雲は足早に己の居所へと戻って行ってしまった。

瑞晶もまた、無言のままにがくりと肩を落とす。

「そんな、こんなのやだよ。あたしたち、これからはもう仲良くできないの……？」

いよいよ泣きはじめてしまった琥珀の肩を、久遠は優しく抱いた。

けれど、それ以上は何もできなかった。胸の内に激しく渦巻く焦りと緊張感、さらには使命感に震えていたからだ。

（瑞晶殿がお話しされていた通り、何かあったんだわ。昨日のうちに）

扉の奥に消えていった紅玉の姿を思い浮かべながら、令花は考える。

（昨日の日暮れ頃、最後にお会いした時の紅玉殿は、今までと何も変わりなかった。それがたった一晩であぁまで心変わりするだなんて、理由があるとしか思えない）

そもそも令花が久遠としてだけでなく『胡家の悪姫』としても東宮に留まっているのは、君臨する『悪姫』への恐怖で太子妃候補たちを一つに纏《まと》めるためだ。そうすれば伯蓮が戦乱の種を摘み取るまでの間、東宮の状況を安定させていられるからである。

（それに私にとっても……紅玉殿たちと一緒に語らって、遊んで、同じ時間を過ごすのは、今までに得難い幸せだった。たとえ久遠としての生活だったとしても）

彼女たちとの日々は、これまでの令花の人生にはなかったものを齎《もたら》してくれたのだ。

（何が起こっているのか、確かめなければ。『胡家の悪姫』への恐怖を捨てさせてまで、紅玉殿を突き動かしているものがなんなのか）

令花は、固く決意した。

その後、泣き腫らした顔を隠すようにした琥珀、そして沈んだ面持ちの瑞晶もまた、それぞれに居所へと戻って行ってしまった。

久遠は一人、とぼとぼと薫香殿へ帰っていく——落ち込んだ足取りを演じながらも、紅玉の様子を探る計画を練りはじめるのだった。

＊＊＊

紅玉が心変わりしたその日、伯蓮は公務の都合で東宮に戻ってこなかった。

それゆえ妃候補たちは黄殿で別れて以降は互いに顔を合わせる機会もなく、翌朝になっても皆ひっそりと、それぞれの居殿で過ごしている。

そんな中、紅玉のいる黄殿へとゆっくりと近づいていく影が一つ。

丁寧に畳まれた、大判の白い布を抱えた久遠である。

久遠はそろりそろりと黄殿に歩み寄ると扉の前に立ち、こつこつと叩《たた》いた。

ほどなくして閂が外される音の後に扉が開くと、昨日と同じ宮女が顔を見せる。

「これは、久遠殿下。いかがなさいましたか」

どことなく無表情ではあるものの、昨日よりは礼儀正しい態度でこちらを迎える宮女に、久遠ははきはきと申し立てた。

「実は、この布……寝台の敷布《しきふ》だと思うのですが、薫香殿の近くに落ちていて。明け方は風が少し強かったので、干してあったものが飛ばされてきたのかと」

布の隅に記された文様を指して、続ける。

「菊の文様は黄殿の象徴、ですよね？　だから僕、この布は紅玉殿がお使いのものなのではと思って、持ってきたんです」

「まあ、そうでしたか」

布を受け取り、宮女は頭《こうべ》を垂れる。

「私どもの不手際で、お手数をおかけし申し訳ありません。殿下のご厚情、痛み入り……」

「では、ちょっと失礼します！」

相手の礼の言葉が終わるより先に、素早く動く。

久遠はさっと身を屈《かが》めると、宮女の脇を通り抜けて黄殿の中へと入り込んだ。

「ああっ、殿下！」

慌てて呼び止める声が背後から聞こえるが、久遠は——令花は、それを無視する。

（扉の門さえ開けてもらえれば、口実はなんでもよかった。同じ東宮にいるんだもの、洗濯場から敷布を持ってくるのは容易《たやす》かったわ）

これまでのことを軽く振り返りつつ、令花は考えた。

（ここには何度か来ているし、紅玉殿のいらっしゃる部屋はわかっている。この廊下の先、寝室の中……！）

驚愕《きょうがく》の表情で立っている宮女たちをかわし、令花は久遠としての姿で、寝室の扉を開ける。果たしてそこには、紅玉がいた。寝台の隣に置いてある椅子に、所在なげに座っている。

「く、久遠様……!?」

こちらの姿を認めた紅玉は初め目を丸くし、次いでほんの少しだけ嬉《うれ》しそうな表情になった。けれどすぐに掻《か》き消されてしまい、彼女は視線を逸《そ》らして、たどたどしく言う。

「い、いきなりおいでになるだなんて。事前に仰《おっしゃ》っていただければ、何か気の利いたものをご用意いたしましたのに」

「突然おしかけて、ごめんなさい。紅玉殿」

ぺこりと頭を下げて扉を閉め、彼女に歩み寄る。

近くに寄ってみると、窓から射《さ》し込む朝日に照らされた紅玉の頬には、うっすらと涙の跡があった。それを理解した途端、令花の胸はぎゅっと痛くなる。

（やはり、何かあったのね）

久遠としては涙に気づかないふりをして、もじもじと指を動かし、それから腰帯に刺して背に隠していたものをさっと彼女に差し出した。

「まあ!」

それは、一輪の芍薬《しゃくやく》の花。

「庭の管理をしている方にお願いして、一輪貰《もら》ってまいりました。紅玉殿は、まだご覧になっていないのではないかと思って」

「……」

零れんばかりに花開いた薄紅色の芍薬の花弁に目を向けたまま、紅玉は硬直している。

「今朝この花を見てすぐ、紅玉殿にもお見せしたくなって……それで口実を作り、こうして会いに来てしまいました。ご迷惑でしたら、本当にごめんなさい」

「そんな、迷惑だなんて」

紅玉はゆるゆると頭を横に振り、そっと花を受け取った。

「嬉しいですわ、久遠様。ああ、私、殿方からお花をいただくなんて、これが生まれて初めてですのよ」

「えへへ、そうなんですね。僕も、女性にお花をあげるのは初めてです」

やや過剰なまでにあどけなく、同時に心からの親愛の情を込め、令花は久遠として語る。

「あのう、紅玉殿。昨日、皆さんと喧嘩《けんか》をされていましたよね? 僕、あれからずっと心配で」

「ああ……ち、違いましてよ」

涙を拭うような仕草をしながら、近くにある卓の上に芍薬の花を置いて、再び紅玉は頭を振る。

「喧嘩ではありませんわ。私たちの関係が、あるべき姿に戻ったというだけの話ですの。無論、久遠様がご心配なさるようなことでは」

「そうなのですか？」

眉を下げつつ、久遠は首を傾《かし》げる。

「昨日の銀雲殿は、紅玉殿に男勝りと言われて、とても傷ついたご様子でした。そう仰っている時の紅玉殿も、なんだか辛《つら》そうに見えたんです」

「そんなことは……。いっ、以前から、彼女に対してはそう思っていただけですもの」

再び視線を逸らして、彼女は答える。

――嘘《うそ》をついている。まっすぐこちらを見ることができないのは、隠し事をしている心理の表れだ。

そう確信しながら、令花はさらに口を開いた。

「今日の晩になれば、兄上がお仕事から戻っていらっしゃるはずです。その時に、昨日の出来事を兄上に相談してもいいですか？」

「ですから、相談なさるようなことではありませんのに。その、でも、もしよろしければ教えていただきたいのですけれど」

言葉を探すように床に視線を這《は》わせ、手をまごまごさせながら、紅玉は問うてくる。

「こ、皇太子殿下のお戻りになる時間を、久遠様はご存じかしら？　でしたら私にだけ、こっそり教えていただけないでしょうか。それと、殿下は最近『悪姫』とどうお過ごしでいらっしゃるのでしょう。まだかの姫へのご寵愛《ちょうあい》は深いのかしら。もし、そうでないのなら」

紅玉はすっかり目を床に向けて、いかにも言い慣れていない言葉を口にした。

「殿下のお好きな品など取りそろえて、こ、この黄殿で……お待ちしておりますのに。殿下がいらっしゃるのなら、私、い、いつでも……」

「紅玉殿」

口から自然と発された声音は、久遠のものとしては、やや低く鋭いものだった。

紅玉の言葉を素早く遮るためでもあるが、もう一つ、令花自身の素直な気持ちがない交ぜになった呼びかけだったからだ。

(聞いていられない)

彼女にこうまで言わせている何ものかへの怒りすら感じつつ、令花は久遠として問う。

「今のは、あなたご自身の言葉ですか？」

「えっ？　それは、どういう……」

「僕、兄上から聞きました。紅玉殿はあの『悪姫』が初めて東宮に来た時に、相手の無礼な態度を戒め、立派に対峙《たいじ》なさっていたと」

実際に自分が『胡家の悪姫』として太子妃候補たちに対面した際の出来事を思い出しながら、続けて語る。

「紅玉殿は誇り高くて心根のまっすぐな方だと、僕は思っています。そんなあなたが、他の太子妃候補の方々の悪口を言ったり、出し抜こうとしたりするなんて……誰かにそうするように命令されているからだとしか、思えないんです」

「それは……！」

何か抗弁しようとするかのように、こちらを向いた紅玉は口を開いた。

けれど言葉の代わりに零《こぼ》れ出たのは、一筋の涙だった。

「うっ……」

「紅玉殿、泣かないで」

再び顔を伏せた彼女の背に手を添えて、久遠は言う。

「どうか教えてください。あなたは今、何か問題に巻き込まれているのではありませんか？　僕にお手伝いできることはありますか……？」

「……久遠様」

やがて顔を上げた紅玉は、まだ目を潤ませていた。しかしそれ以上涙を零しはせず、その表情は憑《つ》き物《もの》が落ちたかのように、どこか晴れ晴れとしたものである。

「いつか将来久遠様と結ばれる方は、きっと、とても幸せになれますわね。こんなに優しい心遣いをしてくださるなんて」

「いえっ、当たり前のことをしているだけです。それに僕も、紅玉殿や皆さんと、ずっと仲良くしていたいですし」

あえて明るい声音で語る久遠に、紅玉はくすりと微笑《ほほえ》んだ。

それから彼女は、寝台の横にある卓の引き出しを開け、中からあるものを取り出す。

「……手紙？」

「ええ。昨夜、私の実家である荘《そう》家から届きましたの」

夏輪国有数の大商人である紅玉の実家から届いたという手紙――その内容を、彼女はかいつまんで説明してくれた。

「『他の太子妃候補たちとの馴《な》れ合《あ》いをやめ、一刻も早く東宮内での地位を向上させよ』

と……『「悪姫」の恐怖に怯《おび》えるような者は荘家の娘ではない』と、そのようなことが、父の字で綴《つづ》られていますわ」

「そんな……！」

紅玉に圧力をかけたのは、彼女の実家だったのだ。

「あの、紅玉殿のご実家は、いつもそのように厳しいことを仰るのですか？」

「いえ……私はこれまでも、久遠様や皆さんとの暮らしを手紙に書いてお知らせしていましたの。その時には、『紅玉が幸せそうで何よりだ』といつも喜んでくれておりました」

それに、と彼女は続けて語る。

「かの『悪姫』についても、『無理に対抗してはお前自身に危険が及ぶかもしれない。殿下にもお考えがあるのだろうから、焦らずに機を待て』と言ってくれていました。ですから、私」

また紅玉の表情が曇っていく。

「突然心変わりされたのには、きっと理由があるのだろうと思いましたの。実際、このお手紙の文面からは、何かを恐れているような雰囲気が感じられました」

――恐れているような雰囲気。

その言葉が引っかかるが、しかし久遠として、令花は頷《うなず》いて相手の言葉を促すに留《とど》めた。

「私、もしや荘家の屋台骨が傾くような出来事があったのではと思い……」

「不安になってしまったんですね」

「ええ。そこで宮女たちにもお願いして、皆さんを突き放そうとしたのです。そうすれば、いえそうしなければ、荘家の娘として恥ずかしいのではないかと」

ふっ、と彼女から、自嘲めいた笑みが零れた。

「でも私、どうやらそれよりも恥ずかしい振る舞いをしてしまったようですわ。あんなに仲良くしていただいている皆さんを突き放して、己の矜持《きょうじ》に反する行いをするなんて。皆さん、もう私の顔なんて見たくないとお思いでしょうね」

「それは、違うかもしれませんよ？」

久遠は、わざとおどけた調子で言ってみせた。

──聞き耳を立てたり、気配を探ったりするのは、幼い頃からの鍛錬で慣れている。

きょとんとする紅玉を横目に、久遠は近くの窓を開け放った。すると──

「きゃっ!!」

背伸びして窓に耳を押し当てるようにしていた琥珀が、短い悲鳴をあげて身をのけぞらせる。そんな彼女を、銀雲が慌てて支えていた。その傍らに立つ瑞晶の表情は、常と同じ静かな微笑みに戻っている。彼女たちを見て、紅玉は啞然《あぜん》としていた。

「み、皆さん……！」

「ずっと聞いていたよ、紅玉殿！」

体勢を立て直した琥珀が、勢いよく声をかけた。

「そんなお手紙を貰ったら、不安になって当たり前だよ。だけどあたし、紅玉殿のお父様は、本気で心変わりなんてされてないと思う」

「私もそう思う」

銀雲が冷静に言う。

「過日は冷静になれず不甲斐《ふがい》ないところを見せてしまったが、考え直したんだ。紅玉殿は、他者を面罵するような人物ではない。きっと何かあったのだとな」

そこでもう一度話す機会を持とうと黄殿に向かったところ、同じように考えた琥珀や瑞晶と彼女は鉢合わせになった。さらに、建物に近づいてみたら久遠と紅玉の話し声が聞こえてきたので、そのまま聞き耳を立て――こうなったらしい。

「手紙の内容については気がかりだが……大商人である荘家がそう簡単に傾くわけもなし、もしかするとこれもまた、『悪姫』が一枚噛《か》んでいるのかもしれないぞ」

「ええ、私もそのように考えます」

静かに同意してから、瑞晶は額にうっすらと汗を浮かべて続けた。

「数日前、『悪姫』が唐突に殿下を模した人形を吊《つ》るし、高笑いする事件がありましたね。あの件と今回の紅玉殿の件、なんらかの関連性があるとみて間違いないかと……！」

「そ、そうか」

はっとした表情で銀雲が言う。

「私はてっきり『悪姫』が殿下からの注目を得ようと、あのような暴挙を企てたのだと思っていたが……もしや荘家に揺さぶりをかけて我々を分断する、その前段階としての示威行為だったというのか!?」

（それは違うわ、お二人とも）

緊張に固唾を呑《の》むようにしている彼女らに、令花は心の中で否定する。

しかし瑞晶と銀雲のこの推測は、紅玉と琥珀には強く響いたらしい。

「そ、そうですわね……！　優しいお父様が突然あのような物言いをされるなんて、『悪姫』の卑怯《ひきょう》な脅迫があったに違いありませんわ」

「だとすると、ここでお父様のお手紙の通りにしてしまうわけにはいかないよね。『悪姫』は、あたしたちの仲が悪くなった隙を突こうとしているんだもの！」

勇気を振り絞ったように告げた琥珀の言葉に、太子妃候補たちは力強く頷いた。

それを温かく眺めながらも、令花はほんの少しだけがっくりした。

（……寵妃《ちょうひ》ではないと表明するのには、やはり失敗してしまったのね）

けれど、悪いことばかりではない。いやむしろ、事態は好転したのだ。

「我々はこれからも一致団結し、東宮での平穏な生活を勝ち取ろう！」

「ええ。『悪姫』の思惑に、これ以上乗せられてはなりません」

——再び彼女たちの心が一つになったのは、ひとえに『悪姫』がいたからこそだ。

そう思うと、なんだかほっとする。

起こる出来事をすべて「自分のせい」にすれば丸く収まるのなら、それがいい。

悪を以《も》って悪を誅《ちゅう》し、己を悪と偽って人々を纏《まと》め上《あ》げるのが、胡家たる者の務めだから。

だから令花は、瑞晶たちの推測に乗ることにした。

「僕もそう思います！　そして『悪姫』の仕業なら、兄上に相談すればなんとかしてくれますよ。紅玉殿、どうか元気を出してください！」

「久遠様っ、み、皆さん……！」

たまらず窓辺に駆け寄った紅玉を、琥珀たちは温かく受け入れる。

喜びを分かち合う太子妃候補たちの様子を微笑ましく見つめながら——さらに「ここまで急いで走って、病弱なのにちょっと無理をしてしまった」ことを印象づけるように少し咳《せ》き込んだりしながら——久遠は、否、令花は考える。

（荘家ほどの名家に脅しをかけられる存在がいるなら、それは誰？　そして東宮の平穏が乱れることで、その者にいったいどんな益があるというの……？）

東宮にまたも垂れ込めはじめた陰謀の匂いに、令花は眉を顰《ひそ》めるのだった。

第二幕　令花、新たに装うこと

「うーん」

胡《こ》家からの手紙——他人が見れば不気味で無意味な単語の羅列のようにしか見えないであろう暗号文を、久遠《くおん》の姿のまま、令花《れいか》は熱心に読み解いた。

「どうだ？」

傍らに座る伯蓮《はくれん》に対して、令花は首を横に振る。

「残念ながら、胡家でも荘《そう》家に何があったのかは摑《つか》み切れていないそうです」

「なんだと。それはまた、面倒なことが起こっているもんだな」

ぼやきながらも、伯蓮の目つきは真剣だ。令花もまた、口を閉ざして思考を巡らせた。

(胡家の情報網にも頼れないなんて。いえ、胡家が情報を摑《つか》めていないということ自体が手がかりになり得る、のかしら)

——紅玉《こうぎょく》と他の妃《きさき》候補たちが和解した、その日の晩。

薫香殿《くんこうでん》にて、令花は伯蓮に何が起こったかを報告すると共に、ちょうど実家から届いた手紙を開いたのだ。

「紅玉殿の話では、荘家には何かを恐れるような雰囲気があったとのことでした。無理やりにでも東宮での地位を上げろと紅玉殿に命じてきたのは、荘家自身が、何かしらの圧力を受けているからに違いありません」

「そこで、誰がそんなちょっかいを出したのか調べようとしたが……胡家でもわからなかった、というわけか」

「はい」

手紙を置いた卓に目をやって、令花は考えを纏めながら話した。

「もちろん、もう少し時間をかけて調べれば、情報を得られる可能性はあります。この報告書はあくまでも、今朝頼んですぐに送っていただいたものですから」

「なら、信じて待っていればいいじゃないか」

「畏れながら、それはできません」

きりっと眉を吊り上げて、令花は断言するように告げた。

「『胡家の悪姫《あっき》』が恐怖によって作りだした平穏を乱す者がいるのなら、私がなんとかしなくては。それに……」

「それに？」

「紅玉殿たちは、久遠の大切なお友達ですから。今は落ち着いた状況になっているにせよ、これ以上、彼女たちに泣いてほしくないんです」

――本来なら、役柄を演じる上で親しくなった人たちに、心を砕きすぎてはいけないのかもしれない。しかしただ静観するなんて、令花にはどうしてもできなかった。

「ふーん」

するとなぜだか、途端に伯蓮はにやにやしはじめる。

「なるほど、『久遠の』お友達ねえ。そうじゃなくて、お前自身が友達だと思っているんだろ？　素直になれよ、それくらい」

「……いえ！　紅玉殿たちは、あくまでも久遠の親しい友人です。私のではありません」

「強がるなよ。それとも、誰もが恐れる『胡家の悪姫』にお友達が四人もいる、なんて認めたくないって感じか？」

そんなことは、と抗弁しようとする頭に、伯蓮がすかさず手をのばして撫《な》でてくる。

「あっ、あの！」

（またからかっていらっしゃるのね！　確かに今は久遠の格好をしているけれど）

どこかこちらを宥《なだ》めるような調子で撫でてくる手に、なんだかほだされそうになりながらも、令花は自分に言い聞かせるように述べ立てた。

「私は演じる者として、役柄と己自身の区別はしっかりつけています！　久遠という役柄を通して得た感情は、久遠のものであって私のものではありません。だから紅玉殿たちとお友達なのは久遠ですし、な、撫でられて嬉《うれ》しくなったり恥ずかしくなったりするのも、私自身ではありませんから！」

「わかったわかった。からかい甲斐《がい》のない奴だな」

つまらなそうに伯蓮は言い、ぱっと手を放した。それにほっとしつつも、どこかで寂しさを覚えてしまうのは、やはり未熟者だからか——と、益体もないことを考えそうになって頭を振る。今大事なのは、これからどうするかだ。

「殿下、もしよろしければ私は明日にでも街へ出て、少し荘家の周りを探ってみようかと思います。東宮に籠っているままでは、何も成せませんから」

「街へ出るって。お前、何を言っているんだ」

再び真面目な面持ちに戻ると、伯蓮は眉間をわずかに寄せた。

「久遠として出かけるってことか？　江楓《こうふう》の事件の時は緊急事態だったから仕方ないが、それ以外の時はやめたほうがいいぞ。幼い皇子が勝手に城の外に出ているなんて知られたら、余計な噂《うわさ》を立てられて面倒だ」

「ええ、承知しております」

冷静に頷《うなず》く。もちろん、『胡家の悪姫』として出るのも論外だ。目立つ以前に、太子妃候補が東宮の外に許可なく出ることは最初から許されていない。

「ですから私、考えました。私の生まれついてのこの顔を、活《い》かせる時がまた来たのではないかと」

「……？」

怪訝《けげん》な顔をする伯蓮に、令花は付け足すように説明する。

「つまり、別の役柄です。『悪姫』でも久遠でもない別の役柄を、新たに演じるべき時だと思うのです」

──以前の、『悪姫』以外の役柄を持たない自分なら、きっとこんな発想はできなかっただろう。己の顔立ちに、ある種の劣等感を抱いていただけの自分であったら。

（そう思うと、久遠という役柄に出会わせてくださった殿下に、改めて感謝申し上げなければならないわ。素顔を晒《さら》して演じるなんて、なんだか恥ずかしくて、前はとてもできなかったもの……）

新しい試みに胸が自然と高鳴るのを感じつつ、さらに伯蓮を説得する。

しばらくして、折れた伯蓮が計画実行を認めてくれた後──令花は喜び勇んで、役作りに励むのであった。

＊＊＊

化粧台の前に座り、久遠として纏め上げていた髪を解《ほど》く。櫛《くし》で梳《す》いた後、今度は頭の左右に分けて髪を結わえ、それを団子の形になるように纏めなおす。余った髪は、三つ編みに結って清潔感を印象づけるようにした。

白粉《おしろい》も頬紅も派手過ぎないよう、うっすら肌に乗せる。朝が忙しい職業の役なのだから、説得力を欠いてはならない。一方で久遠とは別人の雰囲気の顔にしたいため、目元の変装に注力する。

目尻や涙袋に色粉でさりげなく影をつけ、あどけない瞳をおっとりした垂れ目へと変えていく。

これで素顔よりも、さらに柔らかな印象の女性へと変身できた。

纏う衫《さん》と裙《くん》は、何かの役に立つかと思って実家から持ち込んできた、質素で動きやすいもの。緑色と小豆色の組み合わせの衣装なので、黒と赤を纏った『悪姫』とはまったく異なった印象を与えることだろう。

装飾品の類はほぼ身に着けず、あくまでも控えめに、慎《つつ》ましやかに。

何より手――令嬢である『悪姫』や皇子である久遠の手のままでは、やはり役柄として作り込みが甘くなってしまう。頬紅の赤を指の先や関節に塗り、令花は己の手を『あかぎれた働き者の手』に変えた。

そして最後に鏡に己を映して、意識を切り替える一言を放つ。

「私は『悪姫』に仕える宮女、麗麗《れいれい》」

素の声よりやや高く、可憐《かれん》な印象を与える声音で唱えた瞬間、令花としての本心は頭の片隅に追いやられていく。

そっと微笑《ほほえ》んでみると、そこにいるのは愛らしい容姿の、しかしどこか大人しくか弱い印象を与える一人の女性だ。

「では、行ってまいります」

誰にともなく頭《こうべ》を垂れ、赤殿《せきでん》の外へ。中天へと至りはじめた陽光が照らす中、足早に建物を離れて通用口へと向かうその様子は、誰が見ても使いを頼まれた一介の宮女である。

これこそが、令花が新しく作り上げたもう一つの役柄。東宮を出て街を歩いても見咎《みとが》められず、むしろ市井に溶け込むための姿なのだ。

(ここまでは順調のようだわ)

首尾よく東宮を出て禁城内の道を歩きながら、令花は胸の中で会心の笑みを浮かべた。すれ違った他の宮女も、あるいは宦官《かんがん》や城の警備兵たちも、誰もこちらを不審に思う様子はない。恐らくはそれくらい上手《うま》く、日常の光景に溶け込めているのだろう。

ちなみに久遠は「先日の黄殿《おうでん》での無茶と心労がたたって静養している」ことになっているので、太子妃候補たちへの言い訳も立っている。

この調子なら街まで出て、さらにそのまま輝雲《きうん》にある荘家の様子を観察したとしても、誰の記憶にも残らず戻ってこられるはずだ。

街の地図を思い浮かべ、最適な移動経路を計算しながら令花は先を急いだ。

だが、その時――

「待て、そこの者」

聞き覚えのある、低く深い響きの声に呼び止められる。

「えっ？」

驚いて立ち止まり、辺りをきょろきょろと窺《うかが》うと、声の主は少し離れたところに佇《たたず》んでいた。目立つ長身、しっかりと被《かぶ》られた烏紗《うさ》帽、生真面目な内面そのままの顔立ち。第五皇子の藤貴《とうき》だ。

(殿下が仰《おっしゃ》っていた通り、まだ忠後《ちゅうご》州にお戻りになっていなかったのね)

今日は幾人かの供連れがあるらしい藤貴は、彼らに一言断ってから、足早にこちらへと歩み寄ってくる。

令花は――相手の腰帯に揺れる翡翠《ひすい》の佩玉《はいぎょく》の意味を察知して恐縮する演技をこなしてから――深く頭を垂れて、目下の者としての礼を行った。

(藤貴様は、どういうおつもりなのかしら)

その体勢のまま、努めて冷静に考える。

(まさか、私と久遠が同じ人間だと見抜いて……？　けれど、あんな遠目からすぐに悟られてしまうほど、ずさんな変装はしていないはず)

隠密《おんみつ》行動に、予想外の出来事はつきもの。まずは相手の出方を窺い、合わせるところから始めようと令花は覚悟を決めた。

すると眼前へとやって来た藤貴は、親しげではないが、さりとて高圧的でもない礼儀正しい態度で静かに口を開く。

「お前は今、東宮から出てきたな。見たところ宮女のようだが、誰に仕えている？」

「は、はい」

正体が露見してしまったわけではないようだ。

そのことには心の片隅で安堵《あんど》しつつ、令花は麗麗として、おどおどした様子で答える。

「わ、わたくしは、胡家の姫君にお仕えしております、麗麗と申します」

「ほう」

藤貴の目が、興味の色を帯びてわずかに細められる。

「私はここしばらく、東宮を出入りする宮女を呼び止めては、誰に仕えているのか尋ねていたが……ようやく『悪姫』の宮女と出会えたようだ」

「ああ、も、申し訳ありません。どうか、お許しを」

膝をついて震えながら、麗麗はか細い声で言う。

「我が主について何かお話しすることは、固く禁じられております。もし背いたと知られてしまえば、わたくしのみならず、ち、父と母が……！　畏れながらお願い申し上げます。どうか、ご容赦くださいませ」

「そう焦る必要はない」

こちらを安心させるように軽く手を差し伸べつつ、藤貴はやや語気を和らげて告げた。

「私は『悪姫』について調べている。だがそのために、誰かを傷つけるつもりはない。お前に累が及ぶような真似《まね》は、この佩玉に懸けてしないと誓おう」

きっぱりと言い切るその態度からは、やはり嘘《うそ》の香りはしない。

（『悪姫』について調べている？　なるほど、そのために東宮と禁城を繋《つな》ぐ道に立って、宮女に探りを入れていらっしゃるのね。胡家や『悪姫』について直接調べても、世に出回っている情報以上には何も出てこないはずだもの）

それにしても宮女に片っ端から声をかけるというのは、効果の見込める方法とはいえ、かなり気の長い話である。

そもそも東宮内に『悪姫』に仕える宮女が実在しない以上――形式上は「いる」ことになっているが、それは令花が『悪姫』と久遠の二つの姿で動きやすくするための策の一環である――もし麗麗がここを通りかからなければ、藤貴はずっとなんの成果も得られないままだったに違いない。

藤貴は奸計《かんけい》や嘘を嫌うという伯蓮の言葉を、令花は改めて思い出した。一方で、押し黙っている麗麗をまだ怯《おび》えていると解釈したのか、藤貴はさらに言葉を重ねる。

「よければ、いくつか質問に答えてほしいだけだ。もちろんお前の主についてではなく、お前自身の働きについて。それならば、問題はないだろう」

「寛大なるご配慮、恐れ入ります。わ、わたくしごときに答えられることであれば、なんなりと」

――麗麗は物心ついた時から今まで、胡家に側仕《そばづか》えをする一族の末席として、悪辣な主の陰湿な折檻《せっかん》に耐えながら暮らしてきた。主家の行いが天にも背くようなおぞましさだとは知りつつも、それを非難できるほどの強さはなく、さりとて見て見ぬふりをして忘れられるほどの弱さも持っていない。

よくも悪くも、一介の民草。それが麗麗——という設定だ。

(だから麗麗は、皇子殿下とわかる相手からの直々の質問に、嘘で答えたりしない。あからさまに胡家に背くような返答はできない代わりに、それ以外の事柄なら、正直に誠実に応じようとするはずだわ)

ここにいるのは実際のところ『悪姫』本人なわけだから、正直も誠実もあったものではないのだが。

ともあれ、頭を垂れたままながらも多少は落ち着いた様子を見せた麗麗に、藤貴はほんのわずかに口元を綻ばせた。それから、穏やかな態度で質問してくる。

「お前はいつも、主のもとでどんな仕事をしている?」

「は、はい。お側《そば》に控え、ご用命があれば任を果たす……要は小間使い、ということになるかと存じます」

「そうか」

ふむ、と藤貴は低く唸《うな》った。

「では、あまり東宮の外には出ないのか？　というのは先ほども言った通り、『悪姫』に仕える宮女にはお前以外会っていないからな。よもや東宮に閉じ込められでもしているのかと案じていたところだ」

「ええ、あの、さようでございます。今日は、急ぎのお使いで運よく外に出られただけで……皆、ほとんど閉じ込められているようなもので」

人聞きをはばかるように声量を（意図的に）落としつつ、麗麗は答える。

「我が主は、その、とてもたくさんのことを、一度に命令されますから。そしてそれがすぐに果たされないと、お怒りになります。先日も粗相をした同輩が、鞭《むち》を賜り……そもそも粗相がなくとも、ご機嫌の如何《いかん》によっては……あぁっ」

わざとらしいまでに大仰に、麗麗は己の口を塞いだ。

「申し訳ありません。こ、これ以上は」

「……状況は理解した」

麗麗の態度を見てただならぬものを察したらしく、藤貴は苦々しい面持ちで応える。

「苦しみに悶《もだ》える姿が見たいという理由だけで、『悪姫』は側仕えを幾人も鞭打《むちう》ちの刑に処したという噂《うわさ》は、私の領地にも届いている。だがまさか、それが真実だとはな」

（ああ、やはりその噂は有名なのね）

令花は少し誇らしくなった。実際のところ誰かを鞭打ち刑にした経験などないのだが、これが真実味のある噂として広まったのはひとえに、令花と胡家の側仕えの人々との努力があったからだ。

一方で藤貴は、こちらの沈黙をどう思ったのか、すまなそうに眉を下げて言った。

「すまない、急ぎの使いと言っていたな。こうして呼び止められたからには、後で咎《とが》められてしまうだろう。私の都合で迷惑をかけたこと、謝罪する」

「い、いいえ！　とんでもございません」

勢いよく、麗麗は手と頭を振った。

「大丈夫です、あの、わ、わたくし足は速いもので！　今から急いで街へ出れば、きっと酷《ひど》い仕置きは免れられるかと。それに今日の我が主は、多少はご機嫌がよろしいご様子でしたから」

「そうか。ならばよかった」

ほっとしたように短く息を吐く藤貴は、すっかりこちらを信用している様子である。

「であれば、これを受け取ってくれ。せめてもの詫《わ》びだ」

そう告げた彼は懐から筆筒と、控え書き用と思《おぼ》しき小さな紙を取り出し、さらさらと何かを書きつけた後、こちらに差し出した。

深く礼をしてからそれを受け取り、内容——輝雲にある有名な客亭、すなわち宿の場所が書かれている——を見て、麗麗は小首を傾《かし》げる。

「こ、こちらは？」

「私の逗留《とうりゅう》先の所在地だ」

実直な態度でそう告げてから、藤貴は続ける。

「申し遅れたが、私の名は藤貴。忠後州から輝雲まで参じている身だ。この夏輪国《かりんこく》における諸問題の原因となる人物を糺《ただ》し、諭し、あわよくば誅《ちゅう》するために動いている」

「は、はあ」

「そして東宮における『胡家の悪姫』に纏《まつ》わる問題は、目下の一大事だ。もしお前が主の支配を脱し、東宮を抜け出したいと願うなら、遠慮なく私を頼れ。力になってみせよう」

「そ、そんな！」

ようやく事態を理解した、という表情で、麗麗は目を丸くした。

もちろん令花も驚いている。——まさか、ここまでしてもらえるとは。

「皇子殿下に、そのような……畏れ多いお話でございます」

「何を言う。嗜虐《しぎゃく》的な主のもとで、さぞ苦労しているだろう。困窮した民草を救うのは、皇子たる者の責務の一つだ。気にする必要はない」

堂々とそう語る藤貴は、まさに皇子の鑑《かがみ》といった佇まいである。

（うーん……本当に、とても立派な志をお持ちの方だわ）

感銘を受けつつ、麗麗として、令花は丁寧に礼を述べた。

「ありがとうございます。この御恩は、一生忘れません」

「こちらこそ、話してくれて礼を言う。これからのお前の先行きに、幸運が訪れるよう祈っている」

拝領した紙を大事に折り畳んで懐にしまい、麗麗は最後にもう一度、深く頭《こうべ》を垂れて礼をした。それから、藤貴と別れて街へと急ぎつつ——しばらく進んだところでふと、思い当たる。

（もしかして）

足は止めないながらもわずかに眉を顰《ひそ》めて、令花は考えた。

（今回の紅玉殿の件と藤貴様には……裏で、繋がりがあるのではないかしら）

今のところ、そう考えると辻褄《つじつま》が合うように感じるのだ。

藤貴は「名家である荘家に圧力をかけられるほどの実力者」であり、かつ「胡家に足取りを悟らせない」立場の人間でもある。

（我が一族は皇家そのものにお仕えしている……だから、皇子殿下たちが相手では、どうしてもいつもの情報力を活《い》かしきれない）

江楓の事件の際も、それで出足が遅れたところがあるのだ。

皇子である藤貴の場合もまた、同じ現象が起こっているのかもしれない。

（殿下が仰《おっしゃ》っていたように、藤貴様は謀略を嫌う方。それは私自身も同じように感じた。けれど……）

例えば藤貴が、『悪姫』が東宮を支配する状態に対処するために――そしていくら伯蓮を糾弾しても無駄だと悟ったので――荘家になんらかの圧力をかけたと考えればどうだろうか。圧力とまでは言えずとも、荘家に対して「貴殿の娘には、太子妃候補として相応の働きを期待している」などと一言伝えたならば。

（皇子殿下からの言葉を重く捉えた荘家の方々が、紅玉殿に圧をかけてしまうということは、充分に考えられるわ）

しかしそうは言っても、この推論にはまだ穴がある。

第一に、仮に藤貴が荘家に接触したのだとして、その証拠がない。

第二に、なぜ藤貴が瑞晶《ずいしょう》や銀雲《ぎんうん》、琥珀《こはく》の実家ではなく、荘家に接触したのかという問いへの答えがはっきりしない。

（藤貴様は忠後州に領地をお持ちで、荘家は夏輪国全土に影響力を持つとはいえ、基本的には輝雲が本拠地。両者に繋がりがあるとしたら……それは、何かしら）

――今はまだ、考える材料が足りない。

そう判断して、令花は一度思考を打ち切った。そうこうするうちに禁城の通用門から外に出られたので、当初の予定通り、荘家の店や本家の様子を探りに行く。

だが、結局のところ――荘家に何が起こっていたのかについては、何も知ることができなかったのである。

＊＊＊

「はあ!?　藤貴が逗留先を教えてくれた、だって!?」

「はい、殿下」

その日の夜、薫香殿にて。

見たことがないくらい驚愕《きょうがく》した表情を浮かべている伯蓮を不思議に思いつつ、令花は正直に答えた。ちなみにその格好は、麗麗としてのもののままだ。

「『悪姫』に仕える宮女だと名乗ったところ、境遇を憐《あわ》れんでくださったようで……もし東宮を抜け出したいと願うなら遠慮なく自分を頼れと、この書き付けをくださいました」

「冗談だろ……」

令花が渡した紙を、伯蓮はじっと見つめている。その目は文面を必死に追っている、というよりは、どちらかというとこれを書いた藤貴を睨《にら》みつけているように思えた。

けれど、やはり令花にはその理由がわからない。

「申し訳ありません、殿下。もしや、頂戴してこないほうがよかったのでしょうか」

「いや。別にそういうわけじゃなくて、だな」

「え？」

珍しく歯切れの悪い伯蓮の態度に、令花は思わず首を傾げた。

すると伯蓮は書き付けを返しつつ、今度はこちらをまじまじと見つめてきた。

「お前、その格好で藤貴と会ったんだよな？」

「はい。宮女と名乗って通用するよう、素朴で目立たない姿に変装しております」

「素朴で目立たない……そうか、こいつ自覚がないんだな」

伯蓮は目を逸《そ》らし、何やらぼそぼそと呟《つぶや》いている。

だが耳ざとく、令花は反応した。

「自覚がない、とはいかなる意味でしょう。変装に不手際がありましたか？」

「え、いや、違う違う」

何やらぱたぱたと手を振って、伯蓮は否定する。しかし令花はさらに深刻な面持ちで問いかけた。

「では、麗麗の設定や藤貴様に対する私の振る舞いに、何か問題が……？　畏れながら、仰せの通り私自身では気づけなかったようです。どうかご教示を」

「ああもう、だから違うって！」

まるで小蝿《こばえ》を払うように大仰に手を振る伯蓮の顔は、どういうわけか少し赤らんでいる。

（きっと私の至らなさに、腹を立てておられるんだわ……）

令花は、どこか浮ついていたらしい己を引き締めるべく、姿勢を正した。

かたや伯蓮は短く咳払《せきばら》いすると、やや落ち着いた調子で語りだす。

「何度も言うようだが、藤貴はすさまじい堅物なんだよ。『自分はまだ配偶者を幸せにできる状態にない』とかなんとか言って、妻帯しないくらいにな」

「はい……？」

「そんな奴が逗留先をお前に教えたっていうのが、信じられないって思ったんだよ。俺は！」

「ああ、そうでしたか！」

軽く手を叩《たた》いて、令花はぱっと表情を明るくする。

「それだけ用心深い方から情報を聞きだせたことを、殿下は褒めてくださっていたのですね！　ありがとうございます。けれどこの程度、胡家の者として当然の働きです」

「え。あー……それでいいか。はいはい、褒めてつかわす」

どこか棒読みにも聞こえる調子で、伯蓮は投げやりに言ってのけた。

だがその後、彼はちらりとこちらを見やりつつ問うてくる。

「それで藤貴の奴、他に何か言わなかったか？　また会いたいとか、君可愛《かわい》いねとか」

「いいえ、そのようなことは。ただ……そうですね、『話してくれて礼を言う』とは別れ際に仰っていました」

「うーん、それでもだいぶ怪しいな。あいつたぶん、年頃の若い女子と喋《しゃべ》る機会がそんなにないだろうし。礼くらい言うかもしれん」

またも自分自身に言い聞かせるように、伯蓮は渋い顔でぶつぶつ呟いている。

（よくわからないけれど、殿下も藤貴様が事件に関わっているとお考えなのかしら）

だったら考えていることは自分と同じだ、などと令花が思っていると。

「まあいい！」

場の空気を切り替えるように、伯蓮が言う。

「藤貴がいる場所の件はともかく……それ以外は、お前が直接調べてもよくわからなかったんだよな？」

「はい、残念ながら」

そこまで語ったところで、令花は自分の懸念を話すことにした。

「あの、殿下も藤貴様が怪しいとお考えでしょうか？」

「何？」

どこか意外そうに問い返す伯蓮に、さらに告げる。

「皇子である藤貴様ならば胡家の監視の目をすり抜けられるでしょうし、荘家に圧力をかけられるお立場かと思ったのですが」

「ああ……」

ふいに視線を逸らし、考え込むように伯蓮は言った。

「そう思うのが自然だよな。藤貴には動機だってある。俺に言っても埒《らち》が明かないから、東宮の状況を強引に変えようとしたとか」

しかし言葉と裏腹に、どうも彼は納得がいかない様子だった。

「殿下は、気になることがおありなのですね。確かにまだ、なんの証拠もありませんし」

「……そうだな、証拠《の》がない。それに……いや、この話は置いておこう」

何やら言葉を呑み込んだ伯蓮は、「それより」と告げた後、懐から二通の畳まれた紙
──手紙を取り出した。

「問題はこれだ。そら、こっちはお前の分」

「ありがとうございます。こちらは、どなたから……？」

「開けてみろ、久遠宛だ。だから一応、事前に内容は検《あらた》めさせてもらった」

胡家から令花宛ならともかく、久遠に向けた手紙が届くとは珍しい。

急いで開くと、そこにはこう書かれていた。

『こんにちは！　桑海《そうかい》です。先日は慌ただしく帰ってしまい、失礼しました。

突然ですが、この前驚かせてしまったお詫《わ》びと、親睦を深める意味合いを込めて、よかったら一緒に河で遊びませんか？　輝雲にある港に、僕の舟が泊めてあるので見せてあげようかと……』

その後、詳しい時間と待ち合わせ場所が記載されていた。明日の夕方、場所は禁城からそう離れていないところが指定されている。

「桑海様から久遠へ遊びのお誘いをいただけるなんて、思ってもみませんでした」

「弟と知り合えたのが、よほど嬉《うれ》しかったのかもな」

伯蓮は柔らかな表情で言った。

「舟というのはたぶん、腑湖《ふこ》から引っ張ってきたやつがあるんだろう。腑湖に繋《つな》がる河は、輝雲にも流れているからな」

「そうですね……私、河辺に行ったことはあるのですが、舟は経験がありません」

「じゃあなおのこと、行ってみたらどうだ？」

明るい調子で、伯蓮は促してくる。

「桑海については特に悪い噂《うわさ》も聞かないし……まあ、ちょっと空回りしがちな奴ではあるみたいだが……藤貴の様子を探るためにも、会ってみて損はないだろう。邪魔にならない程度に、護衛はつけておくから」

「ありがとうございます！　では、さっそく承知した旨のお手紙を書こうと思います」

ところで、と、令花は伯蓮が持つもう一つの手紙を見やる。

「殿下、そちらはどなたからなのでしょうか。また藤貴様ですか？」

「いや、これは別の奴からだ。なんていうか、こんな状況でもなかったら無視するところだったんだがな」

一気に面持ちを不愉快そうなものに変えて、伯蓮は頭を振る。

「絶対に会いたくない奴から連絡が来たんだ」

「……藤貴様や第二皇子殿下たちよりも、ですか？」

「ある意味、そうかもな。とにかく面倒な男なんだよ」

だが――と、彼は続けた。

「今連絡を寄越してくるなんて、まず間違いなく藤貴関連の話だろう。あいつもかなり前から藤貴に睨まれているし……無意味に呼び出してくる奴でもない。何かあったのは間違いないな」

「なるほど。それで、無視するわけにはいかないとお考えなのですね」

藤貴関連の話をすると予想される、皇子たちよりも会いたくなくて面倒な男——とはいったい、どんな人物なのだろう。

疑問が膨らむが、しかし伯蓮は詳しく説明するつもりはないようで、短く嘆息した後にこちらの持つ手紙を指してこう告げた。

「ともかく、桑海に会うのは任せた。俺は明日の昼、こっちの男に会ってくるからさ」

「お待ちください」

と、令花はすかさず抗弁する。

「その方と、お一人で会われるおつもりなのですか？　僭越《せんえつ》ながら、それは危険かと存じますが」

「ああ、江楓の時みたいにか？　平気だよ。謀反人とか、そういう手合いの奴なわけじゃない。それより、大ごとにして周りに騒がれるほうが厄介なんだ」

「そうですか……。ですが、よろしければ私も久遠として同行させていただけませんか」

すると途端に、伯蓮は顔を顰《しか》める。

「何言っているんだ、さっきも命じただろう。お前は桑海で、俺はこっち担当、それでいいんだよ。わざわざお前までついて来る必要はない」

「いえ。桑海様とお会いするのは明日の夕方、そちらの方は昼ですから、時間に余裕もありますし……何より胡家たる者、可能な限り殿下のお側《そば》に控えて、いつでもお役に立てるようにしておくべきかと」

「お前の使命感はどうでもいいんだ」

そう語る伯蓮の目つきは険しいが、語気はそれほど強くない。

「俺が行かなくていいって言ったら、いいんだよ」

「しかし……」

「ああ、もう！　お前は俺に忠実なのかそうでないのか、どっちなんだ」

鬱憤を晴らすようにそう言って、伯蓮はふいっと顔を背ける。

「……何度も言っているが、本当にあいつは面倒な奴なんだ。少なくともお前が会うべき人間じゃないっていうか……たぶんお前はこれまでに、あいつみたいなのに会ったことすらないと思うぞ。あんな変態みたいな奴」

「まあ！　それでしたら、個人的にも興味があります」

純粋な探求心から、令花は応えた。

「演技者としての幅を拡《ひろ》げるには、やはり様々な人物と出会って見聞を広めるのが一番ですから。そんなに奇矯な方なのでしたら、ぜひお会いしたいです」

「しまった、言わなきゃよかった」

視線を合わせないまま、ぼそりと伯蓮が零《こぼ》す。

そこで令花は、さらに主張するように言葉を重ねた。

「胡家の者としての使命感や、好奇心もありますが……何より殿下、私はあなたのお力になりたいんです。未来の夏輪国を救うための大きな役回りの一端を、私に託してくださったのですから」

――あの日、殿下が桃園《とうえん》に呼び出してくれなかったなら、自分はきっと今もまだ『悪姫』という役割しか持たずに、漠然とした不安感を抱いたまま過ごしていただろう。

その恩を返し、未来に繋げるためならば、どんな役でもこなしてみせる。

それが、令花の偽りなき本心だった。

「……」

伯蓮が、こちらに向き直る。彼の目つきはまだどことなく不満そうだったが、頬はほんのりと赤らんでいた。

その理由を問うよりも先に、伯蓮は不承不承といった様子で口を開く。

「止めても勝手についてきそうだな。……いいさ、そこまで言うなら連れていってやる」

「ありがとうございます！　精一杯、務めを果たします」

拱手《きょうしゅ》と共に令花が礼を告げると、伯蓮はふうとため息をついた。

「ただし、一つだけ言っておく」

指でこちらの鼻先を指しながら距離を詰め、真剣な面持ちで一言。

「向こうに着いたら、絶対に俺の側から離れるなよ。いいな？」

「……はい」

同じくらい真剣に令花が首肯すると、伯蓮は姿勢を戻す。

それから、令花に説明してくれた。その手紙の主である『あいつ』とは、いったいどのような人物なのか――

＊＊＊

麒麟《きりん》の像が屋根に据えつけられてはいるものの、皇太子が乗るものとしては地味で小型な、つまり人目を忍ぶような馬車に伯蓮と令花は乗っている。

禁城を出て向かう先は、輝雲でも有数の一等地だ。

荘家の本拠地のある繁華街や、胡家のような高級官吏の住まう静謐《せいひつ》な住宅街とも違う、富裕層が多く住まう場所。見るからに豪奢《ごうしゃ》な邸宅が軒を連ねており、そこを行き交う使用人と思《おぼ》しき人々も、皆清潔な身なりをしていて、どことなく表情が明るい。

（本当に裕福な人々が暮らしている証拠だわ）

と、久遠の格好をして窓の外を覗《のぞ》く令花は考える。

（前にお父様から聞いた話では、この辺りは警備に私兵を雇っている人たちが多いから、犯罪率も低いのだとか。その代わりに、住まいに関する税もとても高いと聞くけれど）

そんなところに住んでいるということは、やはり話に聞いていた通りこれから会う人物は相当な財産家で、同時に、かなり特殊な経歴の持ち主なのだろう。

苦虫を嚙《か》み潰したような表情で俯《うつむ》き、腕組みしている伯蓮を横目に見ながら、令花は昨日聞いた話を思い出していた。

「この手紙の主の名前は、孫柳泉《そんりゅうせん》だ」

「孫姓……ということは、皇家に連なる方なのですね」

「ああ」

短く頷《うなず》いた伯蓮は、さらに続けて語った。

「ただし、皇籍からは既に外れている。本来は俺のすぐ下の第九皇子だったんだが、生まれた時から病弱でな。医師に『長くは生きられないだろう』なんて言われたものだから、父上が皇位継承権を捨てさせて、土地だけ分け与えて平民にしたんだよ……皇家としての責務や権力争いから離れて、少しでも長生きしてほしいという理由で」

それが功を奏したのか、柳泉は医師の見立てに反して、齢《よわい》二十を迎えた今も命を永らえている。だが──

「柳泉の奴、父上そっくりの度を越した女性好きなんだ。あいつには小さい頃から何度か会ったが、いつも近くにぞろぞろ異性を連れていて……」

「それだけ魅力的な人物なのでしょうか」

「さてな。しかしそのお蔭《かげ》かは知らないが、あいつは花街では客としても経営者としても有名人らしい。芸妓《げいぎ》の楽団の運営だの、美人を取《と》り揃《そろ》えた酒楼の経営だの、とにかく女性絡みの仕事しかやりたがらないが、そのくせ大金持ちだ」

そこまで話を聞いて、ふむ、と令花は小さく唸《うな》った。

確かに伯蓮が話していた通り、自分がこれまで会ったことのない類の人物のようだ。

けれども聞く限りでは、好色な性格なのかもしれないが「変態」呼ばわりされるほどだとは、令花には思えない。

(それとも、女性を見たら見境なしというような危険人物なのかしら？　もしそうなら、久遠としてお会いするにしても、正体が露見しないように気をつけなければ)

令花はそんなふうに警戒心を強めていたのだが、しかし、伯蓮は言う。

「俺の話が今一つ理解できていないらしいが……ま、いいさ。お前も柳泉に一目会えば、よくわかるだろうから」

と――柳泉に関する説明は、昨日はそれで終わったのだけれど。


「次の角を曲がったら、正面が柳泉の邸宅だ」

しばらく進んだ後、腕組みしたまま、伯蓮が告げた。

果たして馬車が停《と》まったすぐ側には、立派な門構えの屋敷《やしき》が一軒、堂々と建っている。陽光を反射して輝く青い瓦の屋根、純白の壁。御者が恭しく開けた馬車の扉の向こう、伯蓮に続いて降りた先では、二人の艶《あで》やかな女性が出迎えてくれた。

色違いの華やかな衣装を身に纏《まと》った彼女たちは、まるで鏡映しのように揃った動きで深々とこちらを拝礼しつつ、同じ挨拶の言葉を口にする。

「ようこそおいでくださいました。ご足労とご来臨に、深く感謝申し上げます」

「出迎え、ご苦労」

対外的な、貴公子然とした態度に切り替えている伯蓮は厳かに告げた。

「ところで、柳泉殿は屋敷の中だな」

「さようでございます。療養中につきこちらに参じておらず、たいへん失礼申し上げます。今よりご案内いたします」

もう一度深く頭《こうべ》を垂れた女性たちは、くるりと踵《きびす》を返《かえ》し、伯蓮と久遠を邸内へと導く。

「行くぞ、久遠」

彼の大きな手が、そっとこちらの手を取る。握る力はしっかりしているが優しい温かさで、令花はどことなく安心感を覚えた。

「もう一度言うが、絶対に俺から離れるなよ」

「はいっ、兄上」

久遠として、かつ令花としての返事をすると、伯蓮は軽く頷いてから先を行く。

手を引かれる形でそのすぐ後ろを歩く令花は、周囲の様子を眺めてわずかに息を呑《の》んだ。

門の内側から出入り口に至るまでの短い距離で見える範囲でも、庭園は整然と、かつ煌《きら》びやかに彩られている。昇り龍を表現した石像が中心に置かれた大きな池の水面《みなも》は、空の青を映して輝いていた。

　邸内もまた、同じく壮麗だ。立っている柱の一つ一つに、神話や故事に倣った彫刻が施されており、視線をどこに送っても、一目で高名な芸術家が作ったのだとわかる品が飾られている。絢爛豪華《けんらんごうか》ではあるが決して野卑ではない。

　そこかしこに立ってこちらにお辞儀する女性たちも――この屋敷に入ってから、男性の使用人を一人も見ていない気がする――その見目麗しさや纏う衣装の華やかさのせいか、あたかも美術品であるかのように思えてしまう。

（本当に、とてつもない財産家みたい）

　感服しながら廊下を進むと、ほどなくして令花たちは、両開きの朱塗りの扉の前にまでやって来た。案内の女性たちは再びくるりとこちらに向き直ると、礼と共に口を開く。

「柳泉は、この中におります。今、お通しいたします」

　彼女らは両側に分かれて立つと、静かに扉を開ける。

　向こう側に広がる光景は、意外なものだった。

（……お風呂？）

　令花は目を疑った。屋敷の中心部に、ここまで大きな湯殿が備えつけてあるなんて聞いたことも見たこともない。

　けれど一面に立ち込める白い湯気の温《ぬく》もり、ほのかに漂う湿気を含んだ柑橘《かんきつ》系の香り、何より耳に届くちゃぷちゃぷという水音の響きは、ここが広大な風呂場なのだと雄弁に物語っていた。

部屋の詳細は、湯気に遮られてまだ見えない。ぴたりと立ち止まっている伯蓮を見上げると、彼は昨夜と同じくらい、苦々しい表情をしていた。

「やっぱりここかよ」

ぼそりと呟《つぶや》いてから、伯蓮は久遠の手を引いて湯殿へと踏み入っていく。だんだんと、中の様子がよく見えるようになってきた。

滑らかで平らな灰色の石が均等に並べられた床の先に、半分埋め込まれるような形で、大きな木製の浴槽がある。それは湯に満ちており、水面にはなぜか一抱えほどの大きさのある、中身の詰まった麻袋が浮いていた。

そしてちょうどこちらの対面、浴槽の奥に、幾人かの人影が見える。ちょうど半身浴のような形で湯に浸《つ》かっている、裸の男女が——

「わ！」

そこでいきなり、令花の視界は真っ暗になった。慌てた伯蓮が、手でこちらの目を覆ったからだ。

「おい、柳泉！」

暗い視界の中で、伯蓮の声が聞こえる。

「お前、何を考えているんだ。手紙の返事に書いただろう、小さい弟を連れて来ているんだぞ！」

「ふうん。まあ、驚かせたのは申し訳ないけれどね。伯蓮殿下」

耳に届いたのは穏やかで心地よい、しかしどこか妖しげな雰囲気を帯びた男性の声である。——恐らく、柳泉の声だ。

「あいにく私は療養中だし、私の不調を癒《いや》すには、薬湯が一番都合がいいんだ。それに殿下、あなたは入浴の時に服を着るのかな？」

「相変わらず、面倒くさい喋《しゃべ》り方しかできない奴だ」

苛立《いらだ》った様子で話す伯蓮の口調は、すっかり素の状態のものである。

（柳泉様も、殿下に砕けた言葉でお話しされているし……お互い、気を遣わない間柄でいらっしゃるのかしら）

あるいは、伯蓮にそこまでの余裕がないとするほうが正しいかもしれない。

令花としては——もちろん目の前の光景には驚いたけれど——柳泉がどのような人物なのか、自分の目で見たいという気持ちのほうが大きかったのだが。

「あははは」

と、そこで柳泉は声をあげて笑う。

「よくご覧になってほしいんだが……私たちは裸ではないよ、殿下。色でわかりづらいかもしれないが、ちゃんと湯浴み着を着ているだろう？」

「は……？」

「いくら私でも、妻たちのあられもない姿を他人に晒《さら》そうなんて思わないとも。最高位のお客人相手であっても、ね」

柳泉の言葉に合わせて、侍《はべ》っている女性たちが軽やかな笑い声をあげている。

「血を分けた兄弟の久しぶりの再会なわけだし、少しからかっただけじゃないか。そんなに睨《にら》まないでほしいな」

「……」

ややあって、つまりは伯蓮の沈黙を挟んで、視界を塞いでいた手が除《の》けられた。

漂う湯気の中で目を凝らしてみると、言葉の通り、柳泉たちは湯の中でも薄い衣を纏っていた。肌に近い色合いの服だったせいで、見えづらかっただけだ。

（本当に殿下の仰《おっしゃ》っていた通り、今までに会ったことのない手合いの方だわ……）

令花の率直な感想は、それだった。

柳泉はどことなく儚《はかな》げで危うい印象の、文字通りの美青年である。

後ろで緩く括《くく》られた、やや明るい茶色の髪だけは伯蓮との血の繋《つな》がりを感じさせるが、それ以外はあまり似通っているところがない。雪のように白い肌は、温かいはずの湯の中にあってもなお血色に乏しく、透き通るように輝いている。優美な印象の顔立ちは、妙齢の女性だと言っても通用しそうなほど整っていた。

そして彼の細い両肩にしなだれかかっている二人の女性もまた、邸内で会った使用人たちと同じくらい、めったにない美貌の持ち主である。彼女らは傍らの柳泉に顔を向けるたび、うっとりと目を細めていた。どうやら、望んで共に入浴している様子である。

「さて、改めて久しぶりだね。伯蓮殿下」

柳泉の視線が、こちらを向く。彼は柔和な微笑《ほほえ》みを浮かべた。

「それから、初めまして。小さな弟くん」

「はっ、初めまして！　久遠と申します」

久遠があどけない仕草でお辞儀をすると、相手はさらに笑みを濃くする。

「あはは、可愛《かわい》らしい皇子様だね。最初見た時、女の子かと思ったくらいだよ」

（……！　鋭いわ、この方！）

令花は、内心でぴりりと反応した。

（どれだけ上手《うま》く変装しても、肉体そのものを変質させることはできない。男女ではどうしても腰回りの骨格が違ってしまうものだけれど、もしや柳泉様はそれを見抜いて……!?)

女性好きというだけに気づかれてしまったのか、と思ったのだが、そんなこちらの思考を見抜いているように、伯蓮がぽんぽんと肩を叩《たた》いてくる。

「久遠、気にしなくていいからな。今のはあいつのつまらない軽口だから」

「相変わらず手厳しいね、伯蓮殿下は。ともかく、今日はわざわざおいでくださったこと、深く感謝申し上げるよ」

深く臣下の礼をとる柳泉を、伯蓮は冷ややかな目で見つめている。

「相応の話を聞かせてもらえるんだろうな」

「そのつもりだよ。とはいえ、あなたがたにとって旨《うま》みがある話というよりは、どちらかというと私の個人的なお願いになってしまうけれど」

柳泉の微笑みがどこか意味ありげな色を帯びると、傍らで寄りかかったままだった女性たちが、すっと姿勢を正して身を離している。どうやら、ここからが本題のようだ。

「……伯蓮殿下は、つい最近藤貴殿下にお会いになった。そんな情報を耳にしたけれど、当たっているかな?」

「当たりだ。お前のところには来なかったのか? 藤貴兄上のことだから、ここにも出向いてきて、説教を垂れるかと思ったんだが」

（それはあるかもしれないわ。藤貴様と柳泉様は、まるで正反対のように見えるもの）

令花もこっそり心の内で伯蓮に同意するのだが、柳泉は頭を振った。

「私はなんといっても、皇籍を離れた一介の民に過ぎないからね。いくら彼から見て私が心底不埒者《ふらちもの》だとしても、わざわざ足を運んで文句を言うまでもないんじゃないかな？……私としては、直接そうしてくれたほうが、どれだけ楽だったかと思うけれどね」

「何が言いたい？」

伯蓮の問いかけに、柳泉は口の端を吊《つ》り上《あ》げる。

「藤貴殿下は忠後州で、腑湖にある港を中心に領地経営を行っている。そして私もまた、腑湖のほうで事業をやっていてね」

「事業、ですか？」

そっと久遠が尋ねると、柳泉はゆっくり首肯した。

「ああ、そうだよ。船の上に屋根と座敷《ざしき》を設けてね、そこで酒や食事を振る舞うんだ。もちろん美しい女性たちも一緒さ。船の上は景色も楽しめるし、壁の向こうから聞き耳を立てられる心配もない。もし怒れる誰かに追い回される羽目になっても、いざとなったらそのまま逃げられる。お客様からは、かなりのご好評をいただいている仕事なんだ」

「能書きはいいから、先を話せよ」

「そう焦らないでほしいな。会話を楽しむ余裕がないのはよくないよ」

ちょっと困ったように眉根を寄せてから、柳泉は続けた。

「ともあれ事業があるのと同時に、腑湖を介した商売は、私にとって生命線でもあるんだ。湯の中に、麻袋が浮かんでいるだろう？」

彼の指す先にあるのは、例の大きな袋である。

「その中には、檸檬草《れもんそう》……ここに漂う柑橘類《かんきつるい》のようなかぐわしい香りの素となる、薬草が詰まっている。私の生来の胃痛を和らげると共に精神的な重圧から解放してくれる、必要不可欠なものなのだけれど……檸檬草は、夏輪国では東の悌尾州《ていび》でしか入手できない」

それを聞いて、令花は思い出す。

（そういえば悌尾州は、薬に使う様々な草木の名産地だったはず。風光明媚《めいび》で温かな気候が、薬草の栽培に適しているそうだけれど）

頭の中に、夏輪国の地図を思い浮かべる。

輝雲を中心に考えると、忠後州や腑湖は輝雲の東隣にあり、さらにその東に移ると、そこにあるのが悌尾州だ。そして悌尾州と輝雲とは、腑湖を介した大河で繋がっている。逆に言えば、腑湖を通らなければ、悌尾州から輝雲へ船で大量に品を運ぶのは不可能だろう。

そうまで考えたところで、ちょうど柳泉が核心的なことを口にした。

「なのについ先ごろから、私の船上の事業の運営と同時に、檸檬草の仕入れが急に止められてしまったんだよ。船は藤貴殿下の名の下に港から動けなくなり、私の購入した檸檬草の荷物は止められて……」

「なんだって」

顔色を変えた伯蓮に同調するように、柳泉は短く頷《うなず》いた。

「そうとも、私も困っているんだ。事業もそうだが、薬草が尽きてしまっては、日常生活もままならない。檸檬草はあまり市場に出回らないから、他のどこかから買いつけるというのも難しいしね」

薬湯に浸かったまま話しているのは、単なるからかいではなく、本当にそうしていないとさらに体調を崩してしまうかららしい。

「現地の従業員たちからの報告が途絶えてしまった今、原因は推測するしかないけれど……藤貴殿下がこんな直接的な妨害をしたのは、伯蓮殿下を糾弾するついでに、私に痛手を与えたかったからなんじゃないかと思うんだ」

「痛手を？　お前に……今さら、なんの理由で？」

訝《いぶか》しむように、伯蓮は言った。

「さっき言っていたように、お前はただの民だ。事業も薬の運搬も、藤貴から許可を取っていたんだろう？　だったら、藤貴が今になって止める理由はなんだっていうんだ」

「さあ、それは私にもわからない」

言葉は軽く、しかし表情は深刻に、柳泉は答えた。

「けれどね、推測はできる。藤貴殿下はその堅物さゆえに、以前から私の事業を快く思っていない節があった。折に触れて幾度も監査を入れて、私が雇う女性たちが船上で客相手に不埒な真似をしてはいないか部下に調査させたり、船上での営業に関する条例を布《し》いて、いろいろと注文をつけてきたりね」

もちろん私たちは潔白だからこそ許可を得ていたわけだけれど、と付け加えてから、彼は続ける。

「藤貴殿下は、伯蓮殿下を戒めるために東宮を訪れた。きっと彼は、かの『胡家の悪姫』の問題をはじめ、兄皇子の暗躍や東宮での騒動……この国が抱えている諸問題に対して痺《しび》れを切らし、それを糺《ただ》すために動いているんだろう」

令花は思い出す。藤貴は言っていた――この夏輪国における諸問題の原因となる人物を糾し、諭し、あわよくば誅《ちゅう》するために動いている、と。

「そんな綱紀粛正の一環として、私の事業をも規制したいと考えて、藤貴殿下は強硬手段に訴えたんじゃないかな。薬の運搬を許してほしければ事業を見直せ、というふうにね。まあ、彼から何も言ってこない以上、本当にただの推測だけれど」

「…………」

伯蓮は、何ごとか口の中に留めるように押し黙った。

一方で令花は、点と点が線を成したような感覚を覚える。

（藤貴様がすべての裏にいると考えれば、辻褄《つじつま》が合うかもしれない。藤貴様が腑湖の港をそこまで強固に管理されているのなら、荘家に対しても、港の使用権を材料にして圧力をかけられるはず）

商家にとって、港の使用権は言うまでもなく死活問題である。娘の矜持《きょうじ》と家の未来、両方を天秤《てんびん》にかけられてしまえば、苦渋の決断として娘に矜持を捨てさせたとしても、おかしくはないほどに。

（ただ、なんだか……健康に係わる薬が入った荷まで強引に止めるなんて、正道を旨とする藤貴様の在り方とは、矛盾するように思うけれど）

藤貴は決して、正しい人間を「演じている」のではないはずだ。それは、間近で何度か彼の振る舞いを見てきた令花だからわかる。

（でも柳泉様のお話が事実なら、藤貴様が暗躍していると考えるのが一番自然だわ……）

かたや、黙考していた伯蓮は何を思っていたのだろうか。

ややあってから、彼は重い口を開き、真面目な面持ちで語った。

「柳泉、お前の言い分はわかった。要は俺に、藤貴への口利きをしてくれと言うんだな」

「理解が早い兄上で助かるよ。その通り。私の立場では、藤貴殿下をお呼び立てするなど叶《かな》わないからね」

「皇太子の俺は呼び出されたけどな。一応聞いておくが、見返りは？」

伯蓮がどこか軽薄な調子で問うと、柳泉はにこりと笑う。

「あなたが藤貴殿下に関する困り事を解決するにあたって足りないものがあるなら、喜んで手を貸すよ。物品でも、金銭でも。それから、そうだな。よければ、素敵な女性たちを何人かご紹介しようか？　あなたの好みをまず聞かなければいけないけれど」

「結構だ！」

すかさず久遠の耳を塞ぐようにして、伯蓮が叫ぶように答えた。

（殿下は、大人の会話を久遠に聞かせまいとする演技をなさっているのね。こんなに真に迫った迫力のある声音が出せるだなんて、さすがだわ）

こちらは感心しているのだが、それは伝わっていないようだ。

憤る獣のような目つきで柳泉を睨《にら》む伯蓮を見て、一方で、柳泉は笑っている。

「あはは。この程度でそこまで反応してもらえるなんて、やはりあなたは面白いね。しかし、いいのかな？　皇子たちの間の噂《うわさ》では、あなたは『放埒《ほうらつ》で常に遊興に耽《ふけ》っている』とのことだけれど。そういう人物なら、今の私の申し出には喜んで応じそうなものなのに」

「お前には関係ない。話はわかった、以上だ」

耳元から手を離した伯蓮は、軽く身を屈《かが》め、優しい口調で久遠に言う。

「ついて来てくれてありがとうな、久遠。さあ、もう帰ろう」

「はい、兄上」

素直に頷いた久遠の手を、伯蓮の手が再び握る。

「じゃあな。せいぜい身体《からだ》に気をつけろよ」

柳泉にはぶっきらぼうにそう言い残し、伯蓮はさっさと踵《きびす》を返《かえ》す。

その背に向かって、柳泉が声をかけてきた。

「こちらこそ、吉報を待っているよ。それと」

「なんだ」

「伯蓮殿下、少し変わったね。表面的な態度は同じだけれど、前よりずいぶん能動的になったんじゃないかな。もしかして」

と――彼の視線が、こちらに向けられた。

「弟くんのお蔭《かげ》かな？　片時も側を離れないようにしているとは、まるで大切な……」

「おっと久遠、滑るといけない。兄上が運んでいってやろうな！」

言うが早いか、伯蓮は久遠を抱え上げると、足早に来た廊下を戻っていく。

令花はというと、頑張って彼の肩にしがみつくだけだ。

「わわっ、あ、兄上!?　大丈夫です、僕、ちゃんと転ばずに歩けますから！」

（また即興劇だなんて、きちんと柳泉様に別れのご挨拶もできていないのに……！）

こちらは戸惑うばかりだが、伯蓮は何か苦い顔のまま、一言も答えてはくれない。


——結局その後、桑海と待ち合わせをしている港まで馬車で送ってもらう間、令花は伯蓮と言葉を交わすことはなかった。

伯蓮は何やら、深く考え込んでいる様子だったからだ。

（殿下は、何をお悩みなのかしら）

察そうとしても、今はうまくいかない。

まずは、藤貴と共同で領地を経営している桑海から何か聞けないか考えてみよう。

令花はそう思い、気持ちを切り替えるのだった。

第三幕　皇子、激突すること

茜色《あかねいろ》に染まっていく空を、大河の水面《みなも》は綺麗《きれい》に映し返していた。

柔らかく吹く風、行き交う船。漁を終え、家路に就こうとする人々もいれば、酒楼へと陽気に出かけていく人々もいる。

河の対岸は、夕暮れの中でははっきりと見えない。それほどこの河は広く、どこまでも穏やかに流れている。

街の人たちが燈《とも》していく灯《あか》りが点々と岸辺を照らす様が、どこまでも幻想的だった。

(こんなふうに落ち着いて河の景色を眺めるのは、初めてだわ……今までこの辺りに出かける時は、任務かお忍びかのどちらかしかなかったもの)

澄み渡った空気を胸いっぱいに吸い込んで、令花《れいか》は密《ひそ》かに感動していた。

けれど、いつまでもこのままではいられない。

これからやらなければならないことは一つ。腑湖《ふこ》の港における藤貴《とうき》の行動を、桑海《そうかい》から聞きださねばならない。

（柳泉《りゅうせん》様のお屋敷《やしき》を出た後、殿下は公務の都合で禁城に戻られたし……ここから先は、私一人で対応しなくては）

迎えの馬車が来るのは半刻後《はんとき》。その間に、何か有益な情報を摑《つか》めればいいのだが――

などと考えていた時、聞き覚えのある声がした。

「おーい！」

顔を上げた視界の先、一隻の舟に乗って手を振るのは、緩い三つ編みの髪に濃紺の衣装を纏《まと》った、どこか愛嬌《あいきょう》のある顔の青年・桑海である。

「あっ、桑海様！」

久遠《くおん》が精一杯背伸びして手を振り返すと、桑海は日が翳《かげ》りはじめていてもわかるほどの笑顔で応えてくる。

彼の乗る舟はこれまでに見たことのない、少し変わった形状をしていた。舟艇自体はよく見かける細長い、恐らく二人も乗れば満員になるような大きさのものなのだが、そこに大小二つの直角三角形のような緑色の帆がついている。

桑海はごく慣れた手つきで縄を引き、縄に連動する帆を使って巧みに舟を操縦していた。彼はそのまま、手近な港に舟を泊める。どうやら、そこが元々の停泊場所らしい。

陸に降り立った彼のもとへ急いで駆け寄り、令花は久遠として称賛の言葉を贈る。

「すごいですね、桑海様！」

　本心もない交ぜにして、久遠は目を輝かせた。

「僕、お舟と聞いて、櫂《かい》で漕《こ》ぐのだと思っていました。こんなふうに、帆を操って進む舟があるだなんて……！　それに、桑海様の舟を操る技もお見事です！」

「えへへへ、恐縮です」

　桑海は後ろ頭を掻《か》きながら、照れたように笑って語る。

「この舟は快遊艇《かいゆうてい》って言って、舵《かじ》を切りながら縄で帆の向いている角度を動かして、それで風を受けて進むんだよ。だから追い風がなくても進めるし、小回りもきくし、何より上手《うま》く操縦できればかなりの速さが出るんだ！」

　胸を張るようにして語る桑海は、どこか誇らしげに見えた。

「快遊艇はこの辺りじゃ珍しいけど、腑湖ではよく乗られていてね。乗る技術は藤貴兄様に教えてもらったんだけれど、毎日乗っても飽きないくらい、僕はこれが大好きなんだ！　今回も、この舟で忠後《ちゅうご》州から来たくらいで……」

　と、彼はまた恥ずかしそうに顔を綻ばせる。

「ごめん、ちょっと語りすぎた。ええと、よかったら久遠くんも乗ってみないかい？　嫌でなければ、だけど」

「本当ですか⁉」

久遠としてぱっと身を乗り出すようにしながら、令花は頭の中で素早く計算していた。

（お昼に柳泉様が仰《おっしゃ》っていた通り、舟の上なら密談をしても露見しづらい。二人きりになるわけだし、桑海様とお話がしやすくなるかも）

けれど、それなりの危険もある。ここへ来る前、伯蓮《はくれん》がつけてくれると言っていた護衛の人々は、少し離れたところから油断なくこちらを見守っているようである。

（でも河上に出れば、護衛の方々と離れてしまう。私は泳ぎも護身術も習っているから、久遠や桑海様の身柄を狙われることがあっても、なんとかなるだろうけれど……）

時間にして三数えるほどの間、令花は熟考した——傍《はた》から見れば、久遠が逡巡《しゅんじゅん》しているように思えただろう。結果、舟に乗せてもらうことにした。

「じゃあ、ほら久遠くん！　どうぞどうぞ」

「し、失礼します」

桑海に促される形で、久遠は先に快遊艇に乗る。一歩足を踏み出すだけで舟艇自体がぐらりと揺れて一瞬驚いてしまうが、桑海は優しく言った。

「大丈夫、大丈夫！　乗ったら、両手で舟べりをしっかり摑《つか》んで。そうすれば、普通に立っていられるようになるから」

言われた通りに、久遠は舟べりをそれぞれの手で掴み、足場を安定させた。

一方で桑海は、久遠の真後ろに立つような形で舟に乗り込んで舫《もや》い綱を解くと、左手で舵を取り、右手で帆を動かす縄を握る。

「もう日暮れだし、あんまり遠くまで行くのも危ないから、ちょっとだけね。行くよ！」

彼の言葉に合わせて、音もなく舟は河上を移動しはじめる。

「わあ……！」

移り行く景色、そして頬に受ける優しい風に、久遠は歓声をあげた。穏やかな流れのお蔭か舟はさほど揺れることもなく、ただ心地よい感覚だけを与えてくれている。ちらりと背後に視線を送れば、桑海はまっすぐに前方を見据え、淀《よど》みなく舟を操縦していた。

その動きを見て、令花は気づく。

（桑海様のあの右手の痕は、帆を動かす縄を握ってできたものなのね）

痣《あざ》はちょうど、手と縄が擦《こす》れる位置に存在している。

花角殿《かかくでん》で最初に会った時にも見たあの痕は、船乗りであることを示すものだったのだ。

ということは、相当長い期間、舟を操っているに違いない。実際、そつなく舟を操縦している今の桑海は堂々としていて、普段のどこかはにかんだような印象とは違っていた。

「どうかな、久遠くん！」

晴れやかな声で、桑海が問いかけてくる。

「けっこう速度が出てきたと思うんだけど。気持ち悪くなったりしていないかい？」

「はい、大丈夫です！」

明るい声で答えてから、久遠は問いかける。

「あの、桑海様はどれくらい長い間、舟の操縦をされているのですか？　先ほど、藤貴様から技術を学んだと仰っていましたが」

「ああ、ええとね！」

右手で縄を引きながら、桑海は返事をする。

「僕が十歳の時からだから、だいたい六年くらい、かな。そう……実はね」

ふいに、彼は縄を引くのをやめる。角度を変えた帆は、風を受けなくなった。

河岸からはだいぶ遠い、大河のちょうど真ん中で、快遊艇は揺蕩《たゆた》うばかりになる。

桑海の纏う雰囲気が変わったのを悟り、久遠は後ろを振り返る。

するとそれに合わせたように、桑海は、どこか遠い目で語りはじめた。

「知っているかもしれないけれど、僕は、後宮で育ったわけじゃないんだ。母は宮女でね、父上に見初められて、密かに僕を産んで……でも地位の違いを気にして、赤子の僕を連れて城を出たそうなんだ。僕が父上から授かった、翡翠《ひすい》の佩玉《はいぎょく》だけを手にして」

「えっ」

久遠は、そして令花は、思わず驚きを口にしていた。

桑海が久遠と似た境遇の出だというのは、確かに伯蓮から聞いている。だが事実は、何やらもっと深刻な状況のように思えた。

令花はただ黙って、話の続きを聞くことにした。

「それからは母と、忠後州にある村のはずれで二人暮らしさ。母は後宮の話なんて全然しなかったから、僕は自分が皇子だとは知らずに生きてきた。でも……」

予感していた通り――桑海の生い立ちは、壮絶なものだった。

貧しいながらも幸せな生活を送っていたところに、ある時、悲劇が起こる。

押し入ってきた強盗が振るった刃物によって、桑海の母は命を絶たれてしまった。

桑海もあわやというところで、偶然にも騒音を聞きつけた村人が現れ、強盗は逃げていった。呆然《ぼうぜん》としながらも、彼は遺体となった母の懐から転がり落ちた佩玉を発見したのだ。

「……母の血塗《ちまみ》れになった佩玉を見つけてその意味を知った時、僕はちっとも嬉《うれ》しくなんかなかった」

やや顔を俯《うつむ》けて語る彼の表情は、夕暮れの濃い影に覆われて、よく見えない。

「母が生きていてくれるのが一番だからね……。でも形見だと思って、大事に持っていたんだ。すると近所の噂《うわさ》になったのか、佩玉の話が領主である藤貴兄様に伝わってね。兄様は血の繋《つな》がった弟である僕を憐《あわ》れんで、皇子としての地位を復活させるよう働きかけてくれただけではなく、僕を引き取って、ここまで育ててくれたんだ」

そこで「あ、ほら」と、何か付け足すように桑海は言う。

「この前の宴《うたげ》で僕、尖《とが》った食器のせいで、情けない姿を見せてしまっただろう？　あれ実は……その過去のせいなんだ。もう昔の話だし、今は幸せに暮らしているんだから、平気になったっていいはずなのにね」

「そんな理由、だったんですね」

あまりにも凄惨な話だ。こうした悲劇を失《な》くすために胡《こ》家があるとはいえ、悪事のすべてを防ぐことができるわけでもない。

やるせなさのようなものを強く感じる。それと同時に、理解できたことがあった。

なぜ先日の花角殿にて、藤貴が伯蓮の弁明――幼い弟を拾って育てているという言葉に、あそこまで強烈な反応をしたのか。そしてなぜ、久遠に会った時にどこか遠い目をしていたのか。

（それはきっとすべて、桑海様との出会いがあったからなのね。桑海様が壮絶な環境にいたことや、救った弟を皇子として育てることの大変さを知っていたから、藤貴様は殿下の言葉をすぐに信じることができなかった……）

否、彼が感じたのは憤りに近かったに違いない。もし伯蓮が、ただ太子妃を擁立しないことへの言い訳をするためだけに弟を迎えたのならば、藤貴が桑海に対して注いだ愛情やこれまでの苦労は愚弄されたも同然である。

だからこそ彼は、己の身を使って脅迫するような態度に出た。

そして久遠を見て、強くかつての弟を思い出したのだろう。

そう思った令花は、久遠として続けて語る。

「僕も、そうなんです。僕の母上は村で暮らすただの平民で、病気で亡くなったけれど。生活が苦しくて、佩玉を売り飛ばそうとした時に、偶然兄上に見つけてもらって……」

「わあ、そうなの？」

軽く身を乗り出してきた桑海の瞳が、じっとこちらを覗《のぞ》き込む。

「そんないきさつだったとは知らなかったな。兄様と伯蓮兄上って、全然気が合わなくて仲が悪いのに、そういうところは一緒だなんて」

茶化すように口にしてから、彼は神妙な声音で続けた。

「……そうだね、本当に僕と君は似ているね。親近感っていうのも、変な話だけれど」

「はい……」

こくりと頷《うなず》いてから、久遠は、桑海の方に向いていた身体《からだ》を元に戻す。

舟の舳先《へさき》の方へ視線を向けると、ちょうど西日が最後の煌《きらめ》きを水面に放っているところだった。代わりに東の空が、夜闇に染まっていく。

(藤貴様は、苦境に置かれた桑海様を見捨てなかった)

しかもそれは、久遠の場合と違って真実なのだ。そう思うと、藤貴に関するこれまでの印象――正しく、曲がらない人物という評価は、何も誤ってはいないのだと改めて感じる。

(そんな藤貴様が、港の使用権を盾にとって荘《そう》家を脅かし、柳泉様に嫌がらせをするだなんて……あり得るのかしら)

考えに沈みそうになった時、ふと、背筋に何か冷たいものが走る。

「えっ」

反射的に振り返ると、そこにはきょとんとした桑海がいた。

「どうしたの？　久遠くん」

「いいえ……」

(風かしら？)

訝《いぶか》しく思っていると、どう解釈したのか、桑海が取りなすように言う。

「あっ、もしかして気分が悪くなっちゃったかな？」

ごめんね、と言いながら、彼は両手のひらをこちらに向けて振った。

やはり、その右手のひらにはくっきりと例の痣が刻まれている。

「辛気臭い身の上話がしたかったわけじゃないんだ。だけど話してみて、自分でもよくわかったよ……僕が君と仲良くなりたいと思った理由が。僕たち兄弟だという以上に、似た者同士だったんだね」

エヘン、と咳払《せきばら》いしてから、桑海は笑った。

「これからも仲良くしてね！　ちょっと頼りない兄かもしれないけれど」

「こちらこそ、桑海様！」

久遠は微笑《ほほえ》みで応えてから、続けて語る。

「僕、初めてお舟に乗ったんですが、とっても楽しいです！　よかったら忠後州でのお仕事のお話を、もっと聞かせていただけませんか？」

「気になるのかい。もちろんいいよ！　といっても、僕は兄様の補佐役だけどね。いろんな連絡を集約して兄様に報告したり、たまに手伝って書類を発行したり、荷の検査について行ったりする程度だから、語れるほどには何もしてないんだ……」

——けれどもう遅いから、戻りながら話そうか。

そう語る桑海の手で、舟は徐々に港へと帰っていった。

令花は久遠として、それとなく、藤貴がどのように港の管理を行っているのか尋ねてみた。しかし桑海の口からは、藤貴と荘家の繋がりや、柳泉に関する話などは、聞き出すことができなかったのである。

＊＊＊

久遠が薫香殿《くんこうでん》に戻ると、すでに伯蓮が待っていた。二人がよく密談に使う応接間のような部屋の椅子に腰かけた彼は、何か書き物をしていたが、『弟』の帰還に視線を上げる。

「お、帰ったか」

その表情は、先ほどの馬車とは異なり、いつものやや軽薄なものに戻っていた。

「ただいま戻りました、兄上」

周りには自分たち以外に誰もいないけれど、久遠としての演技をなんとなく続けつつ、令花はぺこりと頭を下げる。

「あの、大丈夫でしたか？」

「何がだ？」

「柳泉様のお屋敷《やしき》から帰る時、すごく考え込んでおられたようなので……」

　おずおずと問うてみると、伯蓮は短く笑った。

「そうか、心配させて悪かったな。別に大したことじゃない。裏から柳泉に手を出すなんて、本当に藤貴がやったのか……と、ちょっと考えていただけだ」

　いつもと変わらぬ調子で語る姿を見ながら、令花は思う。

（紅玉殿《こうぎょく》の事件の後にお話しした時もどことなく、殿下は藤貴様を疑いたくはないご様子だった。何か事情がおありなのかも）

　とはいえこちらが問いかけるより先に、伯蓮のほうが続けて口を開く。

「それで、桑海との遊びはどうだった？　その様子だと、無事に終わったみたいだが」

「あ、はい！　ご報告があります」

　令花自身として、夕方に知った事柄について伯蓮と共有する。

　桑海の生い立ち、藤貴との出会い、藤貴と桑海がどんな仕事をしているか――

「ふむ」

　真剣な面持ちで、伯蓮は低く唸《うな》る。

「やっぱりどうにもはっきりしないな。藤貴がやっているとすれば一番すっきりするが、それにしてはやり口が陰湿すぎる。柳泉が嘘《うそ》を吐《つ》いているのか、もしくは……こう考えることもできる」

思考を纏《まと》めた様子で、彼は続ける。

「藤貴は堅物で計略を嫌っているからこそ、強引な手に打って出たのかもってな」

「どういう意味でしょうか？」

こちらの質問に、伯蓮は冷静な態度で答えた。

「つまり、普段なら使わないような汚い手段に訴えてでも、藤貴は国の現状を変えたいと強く思っているのかもしれないってことだ。柳泉も言っていただろう。藤貴はこの機に、夏輪国《かりんこく》が抱えているいろんな問題を解決しようとしているのではないかって」

東宮を『悪姫《あっき》』が支配しているという噂、江楓《こうふう》の陰謀、『放埒《ほうらつ》な皇太子』という評判。それらを耳にした藤貴はこの国の先行きを不安に思い、このまま放置するわけにも、また伯蓮に任せきりにしておくこともできないと考えた。

だから彼は、かねてより疑問視していた柳泉の事業への対策も含め、輝雲《きうん》を来訪した機を逃さず一気に諸問題の解決に打って出たのではないか——と伯蓮は言いたいのである。

「あいつのことだ、もし首尾よく自分の思う通りに事態が収拾したら、迷惑をかけた荘家や柳泉に対しても、きっちり自腹を切って賠償するつもりなんじゃないか」

それこそあの日花角殿で、己の右目を賭けて伯蓮を問《と》い質《ただ》した時のように——

最終的にすべて自分が責任を取ると決めているがゆえに、藤貴は極端な手段に訴えているのかもしれない。

「実直だからこそ激しい手段を用いているのではないかと、殿下はお考えなのですね」

「ああ。しかしだとすると、こっちは困るんだよな」

前にある卓を使って頬杖《ほおづえ》をつき、伯蓮は嘆息する。

「藤貴兄上の好きにさせていたら、俺たちの計画が無駄になってしまう。皇子連中を警戒させてしまえば、反乱分子は裏に引っ込むだけだ。東宮の状況だって、もっと悪くなるかもしれん」

「はい。先日のように『悪姫』のせいにして収められればいいですが、毎回そう上手《うま》くいくとも限りませんし」

伯蓮も令花も、夏輪国の未来のために動いている。だが、それを知らない藤貴が場をかき乱すことで、これまでの努力が泡沫《ほうまつ》と化してしまうのだ。放置はできない。

「一番いいのは、藤貴に直接聞いてみることだろうけどな」

と、何気ない調子で伯蓮は言った。

「『こんな事件が起こっていますが、あなたは何か知りませんか？』なんて。そうしたら相手は正直者の藤貴だ、はっきり答えてくれるかもしれない」

けれどもちろん、伯蓮が直接質問するわけにはいかない。そんなことをすれば藤貴の態度が硬化するだろうし、最悪の場合、伯蓮が責任逃れをしていると言ってさらに怒らせるだけなのは目に見えているからだ。

それを理解しているからこそ、「叶《かな》わないこと」として、伯蓮は今語ったのだろう。

しかし――

「……わかりました！」

新しい閃《ひらめ》きに、令花は軽く手を打ち鳴らした。

「そうです、殿下。直接お伺いすればいいんです」

「え？　お前、何を言っているんだ」

眉を顰《ひそ》めて、伯蓮はこちらを見やる。

「俺が聞いたところで、無駄足になるのはわかっているだろう」

「いえ、殿下ではなく」

令花は、己の胸に手を置いた。

「私です。正確には、麗麗《れいれい》が訊《き》きに行けばよいのです」

「何っ!?」

口の端を引《ひ》き攣《つ》らせて、伯蓮は身を乗り出す。

「お前、本気か？　この前知った逗留《とうりゅう》先に行ってみるってことか」

「はい、もちろんです」

力強く頷く。

「麗麗ならば、事を荒立てずに藤貴様にお会いできます。『悪姫』の件でご相談があると言えば、きっと無下に突き放されはしないでしょう」

後は、あまり直接的な質問にならないようにしつつ、こちらの欲しい情報へと相手を誘導すればいい。藤貴は麗麗を『気の毒な被害者』だと思っているだろうから、必要以上に警戒などしないはずだ。

「いかがでしょうか。悪くはない作戦だと思いますが」

「それはまあ、なあ」

深くため息をつき、額に手をやりながら、伯蓮は俯《うつむ》く。

「お前が例の宮女の格好で会いに行けば、相手も受け入れてくれるだろう。しかし藤貴の奴が、万が一……」

「ご心配ありがとうございます、殿下」

令花は、伯蓮の厚情に感謝するように頭を下げた。

「万が一私の正体が露見すれば、藤貴様は私をお許しにならないでしょう。私の身の危険を案じてくださっているのですね」

「それは……」

「ですが私とて胡家の者、いざという時の覚悟はとうに済ませております。殿下のお力になると決めた時から」

「待て待て、そうじゃない」

顔を上げた伯蓮は、片方の手を勢いよく横に振った。

「いやそうでもあるが、それだけじゃない。つまり俺はだな、藤貴の奴が麗麗としてのお前に惚《ほ》……」

(「ほ」?)

「はい」

「……」

促したのに、彼は続きを言うことなく目を逸《そ》らして口ごもってしまった。

「殿下？　どうされましたか」

「……とにかく俺は、お前が戻ってこられない羽目になるんじゃないかっていうのを気にしているんだ」

観念したように、伯蓮はまたも嘆息した。

「しかし、そうだな。お前の言うように、事を荒立てずに藤貴の動向を調べるなら、麗麗に行ってもらうのが一番だ。わかった、お前の好きにしろ」

「承知いたしました！」

令花は、我知らずぱっと表情を明るくして拱手《きょうしゅ》する。

「さっそく藤貴様の人となりを分析したうえで、台本の作成に移りますね。今回は不確定要素も多いので、様々な可能性を考慮して、ざっと百五十通りは用意すれば足りるでしょうか」

「よせ、それはいい！　どうせお前、いつもぶっつけ本番で上手くやっているだろう」

「畏れながらそれは違います、殿下！」

ぴしゃりと令花は抗弁した。

「演技は基本的に、きちんとした台本と練習に基づいて行われるべきものです。殿下は即興劇を得意としていらっしゃるようですが、その場合においても本来なら段取りは事前にお伝えいただかないと、私も……」

「その話は別にいいだろう、今は」

伯蓮は苦い面持ちになり、それから、首を軽く横に振った。

「ともかくだ。藤貴のところに潜入するのは、お前に任せた。俺はその間、腑湖の現状を調べてみる。柳泉の訴えの裏付けを取りたいし、荘家の事情もわかるかもしれない」

「はい、殿下」

「それと」

突如、伯蓮の両手が令花の肩を掴《つか》む。

その力強さと温かさに胸の真ん中が跳ねるような感覚を覚えたのも束《つか》の間《ま》、まっすぐにこちらを見据える彼の瞳が、すっと近づいてきた。

ともすれば、鼻先同士が触れ合ってしまいそうな距離。

ますます心臓が高鳴っていく中、至極真剣な眼差《まなざ》しで伯蓮は告げた。

「必ず、迎えを送るからな」

「あ……」

——潜入した後についての話だ。

(そうよね、迎えを送っていただければ確実に私は帰れるもの。殿下は、気遣ってくださっているだけなのに……どうして私、こんなに胸がどきどきしてしまったのかしら)

殿下の手が温かかったから？　その眼差しが真摯なものだったからだろうか。

弟として溺愛されて、役柄としての感情が流れ込んでしまっているわけでもないのに。

成功させなければならない計画を前に、過剰に緊張してしまったのかもしれない。

己の未熟を恥じつつ、令花ははっきりと返事した。

「いいえ。結構です、殿下」

「な!? なんでそうなる」

驚いた様子で身を引き離した伯蓮に、さらに令花は答えた。

「ただの宮女一人に、皇太子殿下が迎えを送るというのはあまりにも不自然ですから。疑いを避けるためにも、ここは私一人にお任せください」

いや、もしかすると伯蓮は、例えば他の宮女などに「脱走した宮女がいるらしい」とそれとなく告げて、連れ戻させるつもりなのだろうか。

（だとしたら、筋が通っているけれど……）

しかし真相を問うより先に、伯蓮が「わかったわかった」と告げたので、さっそく令花は麗麗として行動する準備にとりかかったのだった。

――こちらが部屋を退出するその時まで、伯蓮がそっぽを向いたままだったのが少し気になりつつも。

＊＊＊

太陽が空の真上に輝く頃。

輝雲における繁華街のほど近くには、仕事や観光などの理由でこの地を訪れる人のためにたくさんの宿が並んでいる。その中にあってもひときわ名の知れた、高級な客亭に藤貴は逗留していた。

それは例の書き付けを貰《もら》った時から知っていたが、実際に目の当たりにして、令花は素直に驚く。

(こんなに立派なところを貸し切っておられるなんて……)

木材がふんだんに使われた温かみのある屋舎に、庭の緑が見事に調和した静謐《せいひつ》な雰囲気の宿は、忠後州から来た藤貴の関係者と思《おぼ》しき人々でほとんどいっぱいになっている。見栄《みえ》でそうしているというのではなく、恐らくは情報の漏洩《ろうえい》を防ぐためとか、遠方から同行してきた側仕《そばづか》えたちを慰労するためという理由があるのだろう。

麗麗としての姿で、そんな場所を訪れた令花は——もちろん『麗麗』はこんな場所には無縁の人生を送ってきているので、おどおどしながら歩いているのだが——辺りを見渡し、まずは宿の従業員に、ここに泊まっている貴人に会いに来た旨を伝えた。

本来ならば門前払いだろうが、麗麗は藤貴直筆の書き付けを持ってきている。それを見せたところ、麗麗は従業員から藤貴の下で働く側仕えへと、すぐに通してもらえた。

藤貴は律義なことに、麗麗の存在を側仕えたちにまで伝え、来訪があったら通すように指示を出してくれていたらしい。

お蔭《かげ》で麗麗は、今度は側仕えから藤貴の補佐たる桑海へと、問題なく目通りできた。

「ああ、あなたが例の宮女さんですね！」

額を床につけるようにして相対している麗麗に、桑海は気さくに挨拶する。

その態度から見て、昨日会った久遠と同一人物だとは、どうやらまったく気づかれていないようだ。

「兄から話は伺っています。ちょうど本人が今いますので、お通ししますね！」

「お、畏れ多いことでございます」

ますます頭を下げようとした麗麗は、二階にある一室に通された。

大きな卓と、座り心地のよさそうな革張りの椅子がいくつもあるところから見て、応接室として使える部屋らしい。吹き抜けのように設《しつら》えられた大きな窓からは、遠方にある美しい山々を一望できるようになっていた。

他に使用人たちの姿はなく、桑海は一階へと戻っていったため、今ここにいるのは麗麗ただ一人である。

（椅子に座って待つよう仰せつかってはいるけれど、こんな立派なお部屋では、麗麗はどうしていいかわからなくなるはず。ここで待っていましょう）

そう判断して、令花は出入り口の近くの床の上に、直接座っていることにした。

するとほどなくして、誰かが階下からやってくる足音が聞こえる。

扉が開き、入ってきたのは藤貴だった。他に供連れの姿はない。

先日会った時と同じく烏紗帽《うさ》をきちんと被《かぶ》り、清廉な印象のある焦げ茶と赤の衣類を纏《まと》っている。実直さと穏やかさを漂わせた瞳がこちらを向いた瞬間、麗麗は深く平伏《ひれふ》した。

「お、お久しゅうございます、殿下。宮女の麗麗でございます」

「お前か。よく来てくれたな」

低い声音に温かみを乗せて、藤貴は告げた。

「顔を上げよ。『悪姫』の目をかいくぐってここまで辿《たど》り着《つ》くだけでも、苦労しただろう」

「恐れ入ります……お気遣いいただくほどのことでは。きょ、今日もお使いのために街に出られましたので、こちらに参じることができました」

言い訳をしながら、少しだけ顔を上げる。藤貴は身を屈《かが》めるようにして、じっとこちらの話を聞いていた。

「それで」

と、彼は眼差しをより真剣なものにして問う。

「ここに来たということは、ついに胡家の支配から抜け出す決意をしたか」

「いいえ、あの、そういうわけでは」

麗麗は言い淀《よど》むように、両手を胸の前で組んで続けた。

「もちろんわたくしも家族ともども、一刻も早く我が主の手から逃れたいと考えております。ですが本日は、その前にどうしても……昨今の東宮の状況について、殿下にご相談申し上げたくて」

「東宮の状況？」

訝《いぶか》しげに、藤貴は眉を顰《ひそ》めた。それに合わせ、麗麗はさらに述べ立てる。

「近頃、太子妃候補のお一人である荘紅玉様のご様子がおかしいのです。他の候補の方々と、突然険悪な雰囲気になってしまわれて……。皇太子殿下のご寵愛《ちょうあい》を巡っての争いと考えれば、むしろ東宮においては当たり前の光景だろうと、宮女たちの間では申しておりますが」

そこで麗麗は、ちらりと視線を逸らす。

「わ、わたくしは……もしや我が主である姫の差し金で、このような状況になったのではないかと恐れているのです」

「『悪姫』の差し金で、ということか？　なぜだ」

問いかけながら、藤貴は麗麗に手振りで椅子を勧めた。

貴人にそうまでされては、座らないほうが無礼である。麗麗は椅子に腰を落ち着けてから、青い顔を伏せて答える。

「我が主、胡令花様は、他者の苦しむ顔をご覧になるのが何よりもお好きです。主の恐ろしさのあまり、これまでの東宮において、妃候補《きさき》の方々は相争うこともなくお過ごしになっていましたが……その環境を疎ましく思い、わざと争いの種を蒔《ま》かれたのではないかと」

「ふむ」

向かいの椅子に座った藤貴は、顎に手を当てるようにしながら短く唸《うな》る。

「お前のような側仕えの者たちだけでなく、今度は同じ太子妃候補を毒牙にかけ苦しめるために、謀事《たばかりごと》を巡らせたと」

「は、はい」

ちらりと、藤貴の様子を窺《うかが》うように令花は顔を上げた。麗麗としての演技を続けつつ、内心で考える。

(もし紅玉殿の件に藤貴様が関与しているなら、無論、藤貴様はこの件に『悪姫』は無関係だとご存じのはずだわ)

だから藤貴が荘家に働きかけをしていて、かつ麗麗の言葉に同調し『悪姫』のせいにするのなら、彼は必然的に嘘《うそ》をつくことになる。そして嘘をついているのだとしたら、その兆候は振る舞いや言葉、表情のどこかに、きっと表れるはず。

令花は、藤貴の様子をじっと観察した。けれどやはり――これまでと同様、相手からは嘘をついているような態度は見いだせない。

（もう少し、揺さぶりをかけてみましょう）

麗麗はさらに言葉を重ねた。

「我が主ならば、荘紅玉様のご実家になんらかの圧力をかけるくらいのことは平気で行うはず。わたくしは、恐ろしいのでございます。我が主が東宮に入ったばかりに、より多くの方々が苦しむことになってしまったのではないかと……」

徐々に声と肩を震わせて、麗麗はわっと諸手《もろて》で顔を覆う。

――こういう時は、自分の身にかつて起こった悲しい出来事を思い出し、その時の己の感情を思い切り表出させるようにするのが、演技のコツである。

「で、ですがわたくしのような者の憶測を、皇太子殿下のお耳に入れるわけにはいかず……さりとて日に日に悪化する東宮の雰囲気を放っておくこともできず、も、もはや頼れる先は藤貴様しかいらっしゃらないと思い、わたくしは……！」

「もういい、喋《しゃべ》るな」

咎《とが》めるでもなく、優しく宥《なだ》めるように藤貴は告げた。泣きじゃくる（演技をしている）麗麗の肩に、その大きな手がぽんと置かれる。

「お前の懸念はよく理解した。……私を信用して話してくれたこと、礼を言う」

「も、もったいないお言葉でございます」

麗麗が懐から取り出した手巾《しゅきん》で涙を拭いはじめると、藤貴は姿勢を元に戻し、深く考え込むように視線を伏せた。

「荘家への圧力、か。胡家のやり口を鑑みれば、やりかねないことではある」

しかし――と、彼は続ける。

「私が管理する腑湖の港の中には、荘家が使用するものもある。こうして領地を離れている今も、現地がどうなっているかは、早馬で逐一報告させるようにしているのだが」

藤貴の目が、まっすぐこちらを向いた。

「荘家の用いる港の様子に、特に変化があったようには聞いていない。物流も相変わらず盛んのようだ。荘家は、家業に影響が出るほど苦しんではいないだろう」

「えっ……」

令花は、すかさず藤貴の振る舞いを観察した。けれど、やはりおかしな点はない。

「ま、誠でございますか。例えば、誰かの荷が止められたりなどは」

柳泉の訴えを踏まえて、令花はさりげなく問うてみる。だが、藤貴は首を横に振った。

「そのようなことも、私がさせない。武器や違法薬物などの危険な品であれば、もちろん取り引きの前に差し押さえる場合もあるが……法で制限されているわけでもない品が正当な理由もなく規制されれば商家が委縮し、ひいては国益を損ねる。許されざることだ」

つまりは夏輪国皇子の名の下に、藤貴自身もそのようなことは決してしない、という意味だろう。

「それに明らかに港に活気がなくなっていたり、慮外者が立ち入ったりしたなら、知らせを受けた桑海を通じて、即座に私に報告があがるようになっている。忠後州から輝雲までの距離を考えても、一日もあればな」

藤貴の口調は、相変わらず淀みない。

「少なくとも私の港に関しては、胡家に好き勝手などさせていない。今後、かの一族が我が領土で問題を起こすような時があれば、なんとしても解決してみせよう」

彼の目つきが、慰めるように柔らかくなる。

「すまないが、今の私にはこの程度しか言えない。東宮は由々しき状況だと思うが、すぐに手助けできぬのは歯がゆい限りだ。しかし、他に何か力になれることがあったら言ってくれ」

「皇子殿下……」

麗麗は再び、目に涙をいっぱいに溜《た》めた。

そうしながら、意識の片隅で令花は思う。

（藤貴様は、本心だけを語っている）

今、これだけ長い時間をかけて、至近距離からつぶさに藤貴の様子を観察してみても、嘘の兆候は読み取れなかった。

すなわち、藤貴が一切の嘘偽りなく話しているか――でなければ、令花と同程度に卓越した演技力を持っていることになる。

（そうなると……藤貴の場合は、伯蓮の評価から考えても、前者であるとみて間違いないだろう。

一連の事件の調査が、振りだしに戻ってしまいそうだけれど）

――何か見落としていることはないだろうか。

あるいは真犯人がいるとして、それを明らかにする手段のようなものがないか。

そんなことを考えながら、令花は麗麗として、然《しか》るべき言葉を告げた。

「過分なるご厚情を賜り、感謝の申しようもございません。何よりわたくしの杞憂《きゆう》で、お手を煩わせてしまい……」

「この程度は皇子として当然の対応だ。それに、何より」

と――にわかに、藤貴が肩を落とす。その口元は、力なく綻んでいた。

「胡家が港に手出ししていない、というのではなく……単に私が、何かされていても見抜けていないだけということかもしれない。私のような堅物は、狡猾《こうかつ》な胡家の格好の餌食だろうからな」

「え……？」

堅物という評価は、伯蓮が藤貴に下していたのと同じだ。

（藤貴様ご自身も、そう思っていらっしゃるということ？）

きょとんとした顔で麗麗が目をゆっくり瞬《まばた》かせると、藤貴は自嘲するように続ける。

「何事も正道を以《も》って進めていけば、よりよい成果が出ると……幼い頃から信じてはいても、後ろ指を指されて嗤《わら》われるばかりだ。一方で世の実状を顧みれば、時に嘘が人を救い、装うことが己を守る。それを理解はしていても、どうしても実行できない。そんな不器用極まる人間の行動など、建国以来の巨悪である胡家には、すべてお見通しだろう」

麗麗に向かってというより、自分自身に向かっての言葉なのだろう。

それまでに見せてきた堂々とした迫力のようなものは薄れて、彼はただ一人の人間として語っている。

（藤貴様は、ご自分が世の人々にどう思われているのか……既にご存じなのね）

胸の奥が潰されるような感覚を覚えつつ、令花は考える。

伯蓮は言っていた——藤貴が立太子されなかった理由はひとえに、藤貴の実直一辺倒な性格にあると。しかしそうした世間の評価を、本人が知らないはずはない。

彼はその真面目さゆえに、正道であることを嗤う人々の声を真正面から受け止めて生きてきたのだ。

（けれど、私はやはり……）

令花がそう思ったところで、藤貴ははたとこちらに視線を戻した。

「ああ、すまない。今の話は、聞かなかったことにしてくれ。私に相談しに来てくれた者に、愚痴を聞かせるなどあってはならなかったな」

「いいえ、とんでもございません」

言いつつ、令花は頭の中で必死に言葉を選んだ。このまま宮女の麗麗として、畏《かしこ》まったまま退出していくのは簡単だ。藤貴は少なくとも、荘家や柳泉の事件には関与していない。

それがわかった以上、速やかに東宮に戻り、今後について考えるべきなのだろう。

——それでも。令花は今、藤貴に伝えなければならないと思った。

「あの、皇子殿下。僭越《せんえつ》ながら……わたくしめのような者が申し上げるべきことではございませんが」

「ん？」

「己を装わず、まっすぐに相手と対する。それもまた、一つの強さなのではないでしょうか」

麗麗としての表情は作りつつも、言葉に乗せる心は令花のものとして語る。

「わたくしはいつも、己を装ってばかりです。そのことを恥ずかしいと思っているわけではありません。生きるため、世のために必要だと思っているからです。しかし」

今度は麗麗の目が、藤貴の瞳を射るように見つめた。

「わたくしは、皇子殿下のような方に憧れます。常に実直で誠実な方の言葉や行動だからこそ、人を救う時があります。それに悪逆非道の一族を恐れない強さは、誰しもが持ち得るものではありませんから……」

これは嘘偽りない、令花の本心だ。

麗麗としての演目とは無関係の、いわば余計な即興台詞《ぜりふ》の類かもしれない。それでも、言わなければならない。

（藤貴様のやり方が、間違っているとは思えないから）

それだけ伝えておきたくて、令花は麗麗として語った。

――すると。

「あ」

一言発した藤貴がにわかに、こちらから顔を思い切り背けた。

その瞳は戸惑ったように揺れ、耳がみるみる真っ赤になっていく。

今までにない反応だ！　令花は内心、ひどく焦った。

（まあ、どうしましょう！　もしや、藤貴様はお怒りになったのかしら）

立場も弁《わきま》えずに余計な発言をしたせいで、相手の不興を買ってしまったのかと、背筋がぞくりと寒くなる。

けれど藤貴はこちらを睨《にら》みつけるでも責めるでもなく、ただ耳を赤く染めて横を向いたまま、視線を合わせようとしてくれない。

窓から吹き込んできた温かい風が、二人をそっと撫《な》でていき――

どれくらいそうしていたのか、無言の時が過ぎていくのを令花が固唾を呑《の》んで見守った後、ようやく藤貴が次の言葉を告げた。

「……あ、ありがとう」

何やらか細い、無理やり絞り出したような声。

（よかった、怒っていらっしゃるわけではなさそうね）

ほっとしながら、麗麗はお辞儀する。

「いいえ、無礼を申しまして……」

「そんなことはない！」

なぜだか突然勢いよく、藤貴は言う。

「無礼だなんて、あるはずもない。……そんなふうに言ってもらえたのは初めてだ。こんな気持ちになるのも……」

後半部分は、彼自身が手で口元を覆ってしまったのでよく聞こえなかった。

けれども令花が伝えたかったことは、ちゃんと伝わっているようだ。

（喜んでいただけたのなら、とても光栄だわ）

麗麗と令花の感情がない交ぜになって、柔らかな微笑《ほほえ》みが零《こぼ》れる。

――だが、そんな時間は長く続かなかった。

「大変です、兄様ーっ!!」

部屋の扉が勢いよく開く。血相を変えた桑海に、麗麗だけでなく、藤貴も我に返った様子で問いかけた。

「どうした、何があった」

「あ、あのう、それがいきなり……」

妙に慌てている桑海が続きを告げようとしたその時、彼の後ろから割り込むようにして、ぬっと部屋に姿を現した人物が一人。

ひどく険しい表情の、伯蓮である。

「あ……！」

皇太子殿下の姿を見た麗麗はすかさず、椅子から降りて床の上に平伏《ひれふ》す。

その体勢を保ちつつも、本心では驚かずにはいられない。

（お断りしたのに、どうしてお迎えが!? しかも殿下ご自身がいらっしゃるなんて……）

藤貴もまた、伯蓮を目視した途端に椅子から立ち上がり、警戒心を露《あら》わにしている。

「伯蓮!? いきなりここまで踏み入ってくるとは、いったいどういう了見だ」

「単純な話ですよ、兄上」

言葉遣いはある程度丁寧に、しかし藤貴と同じくらい厳しい目つきで、伯蓮は答える。

「ここに東宮の宮女が来ていると聞きましてね。連れ戻しに来たんです」

「なっ……!?」

弾《はじ》かれたように、藤貴がこちらを見やる。麗麗は伯蓮の目的が自分だと知って、びくりと背を揺らした（演技をした）。

瞬間、藤貴は一気に気色ばむ。

「伯蓮、お前は知らないのか？ この者は『悪姫』のもとで虐げられて暮らしているんだぞ。わずかな時間を使って、悩み事を相談するために私を頼ってきてくれたのだ。そんな女性を、お前は無下に連れ戻すというのか？」

「ご心配なく。東宮で起こっている出来事は俺も承知済みですし、既に解決に動いていますから。その上で、そこの宮女には今後どうしたいかを直接きちんと尋ねます。兄上も、それならご安心いただけるでしょう？」

そう言って、伯蓮はつかつかと部屋に入って、麗麗の近くまで歩み寄ってきた。

「ああっ！　駄目ですよ、伯蓮兄上！」

桑海はわたわたと手を振りつつ制止しようとしているが、伯蓮は完全に無視している。

「あのっ、いくら皇太子殿下とはいえ、ここは兄様が借りている宿で……！」

「悪いが桑海殿、俺は聞く耳を持たないね。東宮の問題は俺の問題でもあるし」

それに――と言いつつ、伯蓮は麗麗の傍らにふわりとしゃがみ込みながら、背にそっと手を乗せてきた。

（え……）

その手つきが、なぜだかとても優しいもののように感じてしまった。

一方で伯蓮は、にやりとした笑みを浮かべて藤貴に言い放つ。

「兄上。俺は、どうしてもこの者を連れ帰らなきゃいけないんですよ」

「それは『悪姫』の機嫌を損ねないためか？　それとも」

藤貴は、何かに気づいたように目を見開く。

「まさか、お前……！」

「さてね。兄上がこれ以上何をご心配されているのか、俺にはわかりかねます」

伯蓮が応えた途端に、部屋の空気が冷たく張り詰めたのを令花は感じた。

藤貴と伯蓮、二人の皇子の視線が火花を散らし、彼らの間で何か無言のせめぎ合いが生じている、ような気がする。

（どういうこと？　藤貴様が麗麗を心配なさっている、というのはわかるけれど）

なぜ伯蓮がわざわざこんなことをしているのか、理由がさっぱりわからない。

訝《いぶか》しんでいると突然、伯蓮の手が背中から離れた。

代わりにもう片方の手が麗麗の顎に添えられて、上を向くように軽く持ち上げられる。

同時に伯蓮は、己の顔をぐっと近づけると、こちらを覗《のぞ》き込むようにした。

「あ、あの、で、殿下……!?」

「大丈夫か、麗麗」

伯蓮の声音は、久遠に相対する時のように慈愛に溢《あふ》れ、温かい。

「何もされていないよな」

「えっ？　は、はい」

「よかった」

ほっ、と安堵《あんど》の息を吐いた伯蓮は、ふわりととろけるような笑みを浮かべた。いつも久遠に向けているのと同じ――放埒《ほうらつ》でも軽薄でもない、心からの親愛の籠った笑みだ。

(今の私は久遠ではないのに、溺愛されている……？　なぜ!?)

というより、こんな溺愛仕草を一介の宮女にしているのを見られるのはよくないのではないか――と令花としては戸惑うばかりなのだが、案の定、藤貴はそれを見て怒り心頭に発した様子で声をあげる。

「伯蓮、貴様……！　やはり、噂《うわさ》通りの不埒者《ふらちもの》だな！　東宮の太子妃候補たちだけでは飽き足らず……！」

「ですから、何を仰《おっしゃ》りたいのかよくわかりませんね」

伯蓮はするりと麗麗の手を取ると、自分の動きに合わせてゆっくりと立ち上がらせる。

それから腕を組み、怒れる藤貴の視線を真正面から受け止めるようにしながら、きっぱりと言い放った。

「では、これにて。兄上におかれましては、東宮の件についてこれ以上ご懸念もご介入もなきよう、お願いいたしますね」

「ぐっ……」

無理やり言葉を呑《の》み込むようにして、藤貴は口元を引《ひ》き攣《つ》らせた。

不可解な状況ではあるけれども、令花は麗麗として、拱手《きょうしゅ》と共に頭《こうべ》を垂れる。

「し、失礼いたします、殿下。本日はお時間をいただき、ありがとうございました」

「いや麗麗、私は」

何事か言いかけた後、彼は俯《うつむ》いた。

「……なんでもない。壮健にな」

苦い響きの伴う挨拶を交わした後、令花は伯蓮と共に部屋から退出したのだった。

「さ、さよなら～……」

戸口の近くで、桑海は力なく手を振っていた。沈痛な面持ちの藤貴と、伯蓮の背中とを交互に眺めながら。


「藤貴の奴、俺が思っていた通りだったたな」

乗り込んだ馬車が動き出すなり、伯蓮は座席の背もたれに身を落ち着けながら、ぼそりと零した。

「それに不埒者だのなんだの、誤解されるような余計なことを言って……まったく何を勘違いしているんだか。……あっ！」

独り言のように呟《つぶや》いていた彼だったが、突如令花のほうを向くと、急いで付け加える。

「おい、お前も勘違いしないでくれよ。俺はただ、お前を確実に東宮に連れ戻せるようにと思って来ただけだ。藤貴が言っていたことは気にするなよな」

馬車という場所柄もあって囁《ささや》くように、けれどどこか顔を赤らめて伯蓮は言った。

「はい、殿下」

対して、令花は素直に頷《うなず》く。

「それは承知しております。しかし、一度お断りしたのにお迎えくださるだけでなく、まさか御自らお出ましになり、あまつさえあんな即興演技をされるだなんて……事前に一言お伝えいただければ、相応の演技でお返ししましたのに」

「あ、おう。それはまあ、悪かった。……そうだよな。お前はそういう奴だよな」

ふう、と安心したように息を吐いて、伯蓮は姿勢を戻した。

（よくわからないことは多いけれど、今はそれをお尋ねしている場合ではないわね）

気を取り直して、令花は伯蓮への状況報告に移った。

「ところで、殿下。藤貴様から伺ったお話では……」

令花は逐一伝えた。

領地の様子は随時藤貴へと知らされており、その限りにおいて、港における荘家の様子は特に変わりないこと。

法で禁じられた物品でもない限り、港で荷を差し押さえるのは国益を損なう許されない行為だと、藤貴自身が認識していること。

これらを語る時、藤貴には嘘《うそ》をついている兆候がなかったこと。つまり荘家の件も柳泉の件も藤貴は無関係か、あるいは何も知らないだけなのではないか——ということ。

「もしくは藤貴様が、演技の達人なのかもしれません。私でも見抜けないほどの」

「いや、それはない」

きっぱりと伯蓮は言う。

「藤貴は幼い頃から今まで、ずっとあの調子だからな。あいつがお前にそう告げたんなら、それが真実なんだよ。間違いなく」

「それでよいのでしょうか」

「いいんだよ」

ひらひらと手を振って、伯蓮は軽い調子で返事した。

ともすればそれは、事件の捜査を面倒くさがっているようにも見えるかもしれない。実際、もし伯蓮の人となりを知らないままだったら、令花も「殿下はやる気がないのだろうか」などと憤っていただろう。

しかし今、伯蓮の眼差《まなざ》しはどこか晴れやかだった。

まるで、長年の疑問が氷解したかのように。

それを見て、令花は——ようやくわかったような気がした。

「殿下は、藤貴様を信頼されているのですね」

「信頼？　ああ、そうだな。堅物で馬鹿正直な奴だって、信じていたよ」

軽口のように、伯蓮は応える。けれどそれがかえって、藤貴に対する伯蓮の気持ちを雄弁に語っているように思えた。

（藤貴様を疑うのを、殿下がずっと避けていらっしゃるように見えたのは……この信頼感があったからなのね）

それが何に裏打ちされたものなのか、令花には知る由もない。

けれど伯蓮が信じるのならば、自分もまた信じよう。

令花は自然とそう思えた。

「しかし、こうなると厄介だな」

一方で、伯蓮は天を仰ぐようにしつつ言う。

「俺のほうでも、腑湖の状況を調べてみた。柳泉ご自慢の事業や、荘家が使っている港があるっていう件については、きちんと裏が取れたよ。本当に荷が止められているのかといった現状については、まだはっきりしていないけれどな」

だが、と彼は続ける。

「藤貴が関係ないのだとしたら、荘家の心変わりや、柳泉の件の裏にいるのは誰だ？　藤貴以外の誰かが嘘をついているのだろうが……動機も手段も、見当がつかない」

「そうですね……」

膝に乗せた自分の手を見つめるようにして、令花はしばし考えた。

（港の様子を、藤貴様は早馬で逐一確認されている。にもかかわらず……荘家のことはともかくとして、柳泉様の船が港を出られなくなっていたり、檸檬草《れもんそう》の荷が止められていたりすることについて、何もご存じない様子だった）

こうなると、可能性は二つ。

その一、藤貴の目を掻《か》い潜《くぐ》れる何者かが、港で暗躍している。

その二、柳泉がそもそも嘘をついている。つまり、例えば荘家の件に乗じた柳泉が、事業に口出ししてくる藤貴の排除を目論《もくろ》んで、彼を疑わせるためにあることないことを伯蓮に告げただけという可能性。

（どちらもあり得る話なのかもしれない。けれど、確証がないわ）

推論を進めようとしても、そこで行き詰《づ》まってしまう。

令花はさらに黙考し――やがて、顔を上げた。

「殿下。一つ、方策を思いつきました」

「なんだ？　またどこかに潜入するとか言い出すんじゃないだろうな」

「いいえ」

首を横に振り、令花は万が一にも御者に聞こえないよう、囁くように伯蓮に告げる。

「胡家です。先日に続いてもう一つ、尋ねておきたい事柄が増えました」

「また空振りでなければいいけどな」

「大丈夫です。何も判明しなかったとしても、それ自体が情報になり得ますから」

きっぱりと断言してから、令花は窓の外に目を向けた。本来賑《にぎ》やかなはずの昼下がりの街並みからは、人影が消えている。

それもそのはず、この辺りは胡家の邸宅が近い。馬車で通りかかるならともかく、徒歩で近辺をうろつくなど、猛獣の巣の前を裸で歩くようなものだ――と、世の多くの人々は思っているのである。

「殿下、よろしければ私をこの辺りで降ろしてくださいませ。直接実家に行って、話を聞いてこようと思います」

「わかった、俺は先に戻る。禁城にある書庫や記録をあたって、引き続き事件について調べておこう。明日の昼には、東宮に戻る。それから……」

伯蓮は、ふむと唸《うな》ってから言う。

「思い返せばこのところ、俺も久遠も東宮を空ける日が多かった。太子妃候補たちは、放っておかれて不安に思っているかもしれん。何か美味そうな菓子か果物でも見繕って、みんなに分けられるように手配しておこう」

「まあ！」

令花は、ぱっと表情を明るくした。

「きっと、皆さん喜ばれると思います。ありがとうございます、殿下」

「お前が礼を言うようなことでもないだろう。それに、なんだ」

どこか皮肉めいた笑みと共に、伯蓮は言う。

「東宮で事件が起こる度に、お前に任せきりにしてばかりだったからな。『悪姫』のご活躍には痛み入るが、俺も軽薄で放埓な皇太子らしく、ちょっとは皆のご機嫌伺いでもしておくよ。彼女たちには俺の都合で、ずっと東宮にいてもらっているわけだから」

それから、と彼は肩を竦《すく》める。

「あんまり他の太子妃候補たちを放っておいたら、いつまた怒った藤貴兄上が突撃してくるかも知れないし……『悪姫』は寵妃《ちょうひ》なんだ！　っていうお前の大嫌いな噂《うわさ》が、いつまでも消えやしないだろうから、な」

「『悪姫』のことまでお気遣いいただけるなんて」

いよいよ身を乗り出すようにして、令花は伯蓮に礼を述べ立てる。

「重ねて感謝申し上げます、殿下。この御恩は必ずや……」

「いいから、早く行けよ。そろそろお前の家の近くを通り過ぎてしまうだろう」

追いやるように手を動かす伯蓮に促されて、令花はくどくどしく礼を言うのをやめた。

それから、適当な理由をつけて伯蓮が馬車を停《と》めた隙に、滑り出るように外に出て――実家の胡家に戻る。

この後、令花はそれなりの収穫を持って、東宮に無事に帰還できた。

けれどもそれが実を結ぶよりも先に、今までにない恐ろしい事件が起ころうとは――この時の令花たちには、知る由もないのであった。

第四幕　令花、釣りを試みること

　ゆっくりと目を開けると、天井に描かれた雲の間を飛ぶ麒麟《きりん》の絵が、窓から射《さ》しこんできた光に照らされていた。

（朝だわ……）

　久遠《くおん》として宛がわれた薫香殿《くんこうでん》の寝室で、令花《れいか》は目覚めた。

　寝台から降りて顔を洗い、鏡の前に向かう。そこには髪を頭上で一つの団子にした、少年の姿が映っていた。

（……よし）

　無言のまま頷いてから、宮女たちが起こしに来るのを待つ。

　眠っている間に顔を見られて、万が一『悪姫《あっき》』と同一人物だと見破られてしまうと危険なため、いつも令花は起こされる前に目覚めるようにしていた。

　そのまま意識が完全に覚醒するまでの間、令花は昨日を思い出す。

（胡《こ》家で久しぶりにお父様にお会いして、忠後《ちゅうご》州について直接お話を伺えてよかったわ）

夏輪国《かりんこく》における『謀事《たばかりごと》の祖にして壁の耳』である胡家の当主である父は、国の各地に潜伏している一族の手の者から、膨大な量の報告を毎日受けている。

中には当然、忠後州の藤貴《とうき》や桑海《そうかい》の領地に潜入している者たちもいるわけで——もし怪しい動きがあるのなら、たとえ遠く離れた地の出来事であろうと、父の耳に入らないわけがない。

そこで令花は、忠後州に関して何か新しい情報はないか、父を頼ってみることにしたのだ。その結果、ある意味、とても有力な手がかりを得られた。

（それに話を聞くだけじゃなくて、一つ、お願い事も聞いていただけたわ。ちょっと差し出がましいような気もしたけれど、お父様にお許しいただけて、本当にほっとした……）

胡家の常として、たとえ家族同士であろうと、自らが負っている密命の詳細については互いに明かさないという決まりがある。

ゆえに父に対しても、令花は自分の「お願い事」の理由を明かしはしなかったのだが、それでも、父は手助けを快諾してくれた。

信賞必罰を旨とする父は、実の娘である令花に対しても、特に甘くはない。今回手助けしてもらえたのは、ひとえに父から令花への信頼あってこそだ。

——昨日の父の言葉を思い出す。

『変わったな、令花。東宮に行って、新たなお役目でも見つけたか』

そう言って父が浮かべたのは、咎人《とがにん》を捕らえた地獄の番人のごとき笑みで——つまり胡家特有の悪人顔に浮かんだ穏やかな微笑《ほほえ》みで、令花はそれがとても誇らしく思えた。

(変わったのだと思います、お父様。東宮へ来て、殿下に新しい役柄をいただいて……それからまた、自分自身でも役を見つけることができて)

願うのはただ一つ、夏輪国の平和な未来。そしてそのためにも、今回の一連の事件の謎を解かなくてはならない。より大きな騒動や事件が、起こってしまう前に。

決意と共に顔を上げた時、鏡の中の久遠も、同じくこちらを見つめた。

令花は久遠として、台詞《せりふ》を口にする。

「……僕は、伯蓮《はくれん》様の弟。だから僕が、なんとかしなくちゃ」

すると、扉を叩《たた》く音がした。

「久遠様、おはようございます。お目覚ましの品をお持ちいたしました」

扉の向こうから聞こえてきたのは、世話係の宮女の声である。

「おはようございます。どうぞ」

久遠が声をかけると、扉を開けた彼女は恭しく寝室へと入り、こちらに一礼した。

その手には、今朝の目覚ましの品——というのは、病弱な久遠が少しでも精をつけられるようにと伯蓮が毎日特別に用意させている、朝食前のおやつを指すのだが——である果物と思《おぼ》しきものが入った器がある。

「本日のお目覚ましは、枇杷《びわ》でございます。昨日、殿下より太子妃候補の方々へと下賜されたものと同じ品です」

「わあ、美味《おい》しそうですね！」

特に演技ではなく、素直にその感想が出てきた。渡された枇杷はどれも見るからにふっくらとしており、朝日に照らされてきらきらと輝いている。

「しかもこれ、珍しいのですね。普通の枇杷と比べて、白っぽいような……？」

「ええ、まさしく白枇杷という名の、たいへん貴重な果実なのだそうです。夏輪国でも、ごく一部でしか栽培されていないとか」

昨日話していた通り、伯蓮は『ご機嫌伺い』として、相当よい品を選んだようだ。

「あのう、僕だけいただいてしまっていいのでしょうか。宮女の皆さんは、召し上がったのですか……？」

「まあ久遠様、お気遣いありがとうございます。ですが、大丈夫ですよ」

宮女はにっこりと笑って答える。

「太子妃候補の皆様にお気遣いをいただきまして、昨日のうちに同じ品を分け与えていただきましたから。それがとっても甘くて、瑞々《みずみず》しくて！　皇太子殿下のご印章の施された箱から出したその時から、いい香りが辺りに……」

美味を思い出すように頬に手を当ててうっとりしつつ、彼女は続きを口にしようとした。

しかし、まるでその言葉を掻《か》き消《け》すように――

「誰かーっ！　誰か、早く来てくれ!!」

聞こえてきたのは、凛《りん》とした女性の声。

「銀雲殿《ぎんうん》！」

そう口にした瞬間、久遠は器を鏡台に置いて素早く部屋を飛び出した。

「あっ、久遠様!?」

「大丈夫です、今朝は体調がいいですから！」

突然の悲鳴に身体《からだ》が竦んでいる宮女が慌ててかけてきた声に応えつつ、意識の片隅で令花は戦慄する。

（まさか……また何か、事件が起こってしまったの？）

銀雲の声は、中庭の北側から聞こえてきた。薫香殿は東宮の中央部にあるため、飛び出せばすぐにそちらの様子を確認できる。

朝靄《あさもや》に紛れて見えたのは、表情を引《ひ》き攣《つ》らせた銀雲だ。彼女はその場にしゃがみ込んで、必死に誰かを起こそうとしている。周りには久遠と同じく彼女の声に気づいて集まったと思われる宮女たちがいるが、誰しもがくがくと身を震わせ、辺りの様子を窺《うかが》うばかりだ。

（いったい何が）

駆け寄りながらそこまで考えて、令花ははたと気づいた。

ここは中庭の北側だが、それだけではない。赤殿《せきでん》、すなわち『胡家の悪姫』の住処《すみか》に近い場所。ゆえに普段、妃候補たちも宮女たちも『悪姫』の機嫌を損ねるのを恐れて、よほどのことがない限りこの近辺には立ち入らない。

それでもなお銀雲が立ち入るほどの何事かが、今まさに起きているのだ。

「銀雲殿！」

近くまで来たところで久遠が呼びかけると、顔を上げた銀雲は少しほっとした顔をした。彼女の腕の中に倒れているのは、年若い女性だ。見覚えのない顔立ちで、宮女らしい格好をしているが、明らかに意識を失っている。

血色を失った顔は青白く、かろうじて開いている目も、焦点が合わずに視線を彷徨《さまよ》わせていた。何よりその口の端からは吐いたと思しきものが漏れ、頬や顎だけでなく、胸元まで汚してしまっている。

（これは……！）

「大丈夫だ」

思わず言葉を呑《の》み込んでしまった久遠に、銀雲が言う。

「脈はあるし、微弱だが息もしている。気を失っているだけだ。ただ、大量に吐いたせいか身体がひどく冷えてしまっているようで……」

「わかりました。あっ、あの！」

久遠として、令花はすぐ近くで震えている宮女に声をかけた。

「すぐに東宮付きのお医者様に連絡してください。そちらのあなたは、お湯と毛布の準備をお願いします」

「は、はい！」

我に返った様子で、宮女たちはそれぞれ指示に従って散っていく。

「それからあなたがたは、担架を持ってきてください。物干し竿《ざお》と寝具の敷布《しきふ》を組み合わせれば、すぐに作れますから！」

「か、かしこまりました」

ぺこりとお辞儀して、残っていた宮女も駆けていく。

久遠と銀雲、倒れている女性だけになったところで、先に口を開いたのは銀雲だった。

「さすがは久遠様だ。咄嗟《とっさ》に動けなくなっている時でも、明確な指示を受ければ人は我に返るものと聞く。私も父から薫陶を受けていたはずなのだが、思い至らなかった」

「いえ。僕が走って行くより、皆さんにお願いしたほうが早いと思ったものですから」

当たり障りのない返事をしてから、久遠はあえて声を潜めて、銀雲に尋ねる。

「ところで、この方を最初に見つけたのは銀雲殿ですか？　こ、ここは『悪姫』のお屋敷《やしき》が近い場所なのに、勇気がおありなんですね」

「いや、私も偶然見かけただけなんだ。毎朝の日課の鍛錬をしようと庭に出たところ、ふらふらと歩いている人影を遠目に見かけてな。最初はまた、かの『悪姫』が何かしているのかと思ったんだが」

そう語る銀雲の傍らには、いつも彼女が腰に佩《は》いている木剣が置かれている。

「その人影が突然倒れたので慌てて駆け寄ったところ、この有り様だ。いったい何が起こったのか……」

「銀雲殿！　久遠くん!!」

そこに琥珀《こはく》と紅玉《こうぎょく》、瑞晶《ずいしょう》が、先ほどの宮女たちを引き連れてやってきた。

「す、すぐに来ようと思ったんだけど、途中でこの宮女さんたちとすれ違って、準備の手伝いをしていたの。担架って、これで大丈夫かな!?」

琥珀が手で示した先には、指示通り、竿《さお》と布で作られた担架がある。即席にしてはかなりしっかりした造りだ。

「これなら大丈夫ですよ！　ありがとうございます」

久遠が答えると、琥珀はほっとした様子を見せた。それから宮女たちが、女性を担架に乗せようと動きはじめる。

「お医者様も、既に花角殿《かかくでん》のほうに待機していらっしゃいますわ。そこで、この女性を診ていただきましょう」

未《いま》だに意識の戻らない女性の容体を見て青ざめつつも、紅玉は努めて冷静に言う。

その傍らで、瑞晶が短く息を呑んだ。

「あの、お待ちください！　そこに何か、転がっているような……」

ちょうど女性が担架に乗せられたために、倒れていたせいで陰になっていた地面が見えるようになっている。そして瑞晶が震える手で指した先、青草に半分隠れるようにして転がっていたのは――

「枇杷か!?　齧《かじ》った痕跡があるぞ」

「それに、皮が白っぽいよ。もしかして、昨日あたしたちが殿下からいただいたのと同じもの……？」

皮が剝《む》かれ、半分ほど食べられた状態で、手巾《しゅきん》に包まれていた枇杷。今は泥に塗《まみ》れてしまっているが、皮の白い色艶や大きさからして、久遠が今朝見たものとそっくりだ。

(つまりこの女性は、殿下から下賜された枇杷を食べてこうなった？　でも枇杷を食べてこんな症状が出るなどという話は、聞いたことがないわ)

もちろん体質によっては、枇杷は身体に悪影響を及ぼす。だがそういった場合は、唇や喉が赤く腫れあがったり、痒《かゆ》くなったりする症状が現れるものだ。

この女性のように、大量に嘔吐《おうと》してしまうのはまずあり得ない。

――嘔吐。そこまで考えた令花は、過日、江楓《こうふう》が起こした事件を思い出す。

(江楓様は、宮女たちや第二皇子殿下に毒を盛っていた。その毒には即効性があり、ひとたび口に入れれば会話ができなくなるほどの、激しい吐き気を引き起こした……)

かつての宴《うたげ》の席で嘔吐に苦しむ第二皇子の姿と、目の前の女性の姿とがぼんやり重なる。

まさか、同じ毒なのだろうか？　かつて江楓が、いずれは殺人に用いようとしていたのと同じ毒が、今また牙を剥いたのだろうか。もしやこの女性は、枇杷に仕込まれた毒を食べてしまったせいで、こんな悲惨な状態になったのでは――

(だとしたら、誰がこんな惨《むご》いことを！)

江楓は既に捕縛され、皇子としての領地も失い幽閉の処分を受けている。

何者かが彼と同じ毒を使い、事件を起こしたに違いない。恐らくは、連日の事件の裏にいる人物が！

（もっと大きな事件が起こる前に、なんとかしたいと思っていたのに。私は、また食い止められなかった……）

――発見された枇杷は、治療の手がかりになるということで、担架に乗せられた女性と一緒に医師の元へと宮女たちの手で運ばれていく。

その背を眺めながら、令花は己の無力さを噛《か》み締《し》めた。

一方で太子妃候補たちは、不安そうに肩を寄せ合っている。

「ね、ねえ、あたしたちや他のみんなは、白枇杷を食べても平気だったよね。どうしてあの人だけ、あんなふうになってしまったの？　食あたりかな……」

「いや、ただの食あたりであんな症状は出ないはずだ」

銀雲が冷静に答えた。

「見たところ、彼女は枇杷を半分ほどしか食べていない様子。それだけの少量で、あれほどの嘔吐が引き起こされたというのなら……」

と、太子妃候補たちもまた、令花と同じ結論に至ったらしい。

「もしや毒!?　ですが誰が、なんの目的で」

「お待ちになって、瑞晶殿」

手にした扇子で青い顔を扇《あお》ぎつつ、紅玉が静かに問う。

「皆様にお伺いしたいのですが……倒れていた宮女がどなたか、ご存じの方はいらっしゃるかしら？　私は、面識のない方ですわ」

「えっ？　あ、あたしも知らない人」

琥珀が首を横に振ったのを皮切りに、銀雲たちも次々に言う。

「ああ、私も先ほどの女性は知らない。てっきり、皆のうちの誰かに仕えている宮女だと思っていたのだが」

「私も存じ上げません。久遠様も、ですか？」

「はい、瑞晶殿」

久遠は正直に頷《うなず》く。となると――と、紅玉が口を開いた。

「ここにいる全員にとって見覚えのない、けれど見るからに宮女の方。しかも、殿下が下賜された枇杷《びわ》を食べていた……ならば、あの女性は」

扇子で赤殿のある方向を指す紅玉の手は、震えていた。

「かの『悪姫』に仕える宮女、なのではなくって？」

「きゃ……！」

叫びそうになった後、ひゅっ、と音が聞こえる勢いで琥珀は息を呑《の》んで口元を覆う。

かたや令花もまた、久遠として目を見開いていた。

（そうか……！　普通に推測すれば、その結論になるのね）

東宮内で倒れていた宮女であり、かつここにいる誰とも面識がない。そうなった場合、『悪姫』に仕える宮女など実在しないと知る者でもなければ、「あの女性は『悪姫』付きの宮女なのではないか」と考えるのは必然である。

――わざとそう推測できるように犯人が仕向けているのか、違うのか。

令花が案じる間に、眉を顰《ひそ》めた瑞晶が、考え込むようにしながら語る。

「『悪姫』付きの宮女……まさか、毒見の結果でしょうか？　『胡家の悪姫』を害そうとした何者かが白枇杷に毒を盛り、それを毒見係であるあの女性が食べてしまったとか」

「しかし、だとしたらなぜ外で倒れていたのだ？　いくら『悪姫』とはいえ、毒見は屋内でさせるはずだ」

「確かに、銀雲殿の仰《おっしゃ》る通りです。ということは」

別の結論に至った瑞晶は、はたと顔を上げる。

「もしや、すべて『悪姫』の意向……？　あの女性はかの姫の不興を買って毒を賜り、見せしめのために外に放り出されてしまったのでは？」

「あ、ありそう……。それであたしたちが慌てているのを見て、楽しんでいるのかも」

その場にいる令花を除く全員の背に、ぞくりと怖気《おぞけ》が走る。

皆、一様に赤殿を恐怖の眼差《まなざ》しで見つめ、それから再び互いに目を見合わせた。

「も、もうこんなところにはいられませんわ！」

堪《たま》りかねた様子で言った紅玉に、瑞晶が応じる。

「そうですね……相手は地獄耳の胡家です。この距離でも、聞き耳を立てられているやもしれません」

「だ、だね！　あたしたちも、花角殿に行こうか。なんだかまだ、みんなと離れ離れになるのは怖いし……」

皆が琥珀の言葉に同調し、こそこそと花角殿へ向かう。そこへ行けば、医師に詳しい話を聞くこともできるだろうという判断である。

「あの、久遠様。皇太子殿下は、薫香殿にいらっしゃいませんの？」

「はい。今日の昼にはお戻りになるはずですが」

昨日の会話を思い出しつつ久遠が答えると、歩みを止めぬまま紅玉はため息をついた。

「では殿下がお帰りになるまで、大人しくしている他ありませんわね。『悪姫』絡みであってもきっと殿下なら、私の実家の件と同様に、なんとかしてくださるはずですもの」

——本当は紅玉の実家に起こった出来事すらまだ解明できていないのに、紅玉本人はそれを知らない。

その事実を突きつけられてずきりと胸が痛むのを感じながら、令花はそっと後ろを振り返った。

先ほどの女性が倒れていた場所――今は折れた草と、地面に零《こぼ》れたわずかな吐瀉物《としゃぶつ》が名残となっているだけの地表。その周辺には先ほどまで立っていた妃候補《きさき》や宮女たち、そして令花自身の足跡と思《おぼ》しきものが残っている。

しかし赤殿から女性が倒れていた場所までの間には、まったく足跡がない。

一方で、赤殿近くにある通用口から女性がいた場所までの間では、わずかながら草が折れており、誰かが歩いた痕跡が確認できる。複数人ではない。一人分だ。

(ということは、あの女性は赤殿から出てきたのではなく、通用口からここに一人で入ってきた……？)

銀雲が目撃したのは、通用口から入ってきて歩いている姿だったのだろう。そしてあの女性はほどなくして毒が発症し、倒れてしまった。

(だとしても、女性は何者？　誰が白枇杷に毒を盛り、彼女に渡したのかしら)

今はまだ、何もわからない。

まずは医師の診断を聞いてみるのが先決だろう。

後悔と不安を搔《か》き消すように素早く頭を振ってから、令花は妃候補たちの後に続いた。

その後——運よく、女性は一命を取り留めた。

嘔吐と冷えのせいで体力を消耗していたようだが、医師が処方した解毒剤が功を奏したお蔭《かげ》で、大事には至らなかったのである。

そう、解毒剤。

やはり彼女の症状を引き起こしたのは白枇杷そのものではなく、盛られていた毒だった。回収された白枇杷に残っていた歯形と、女性の歯形は完全に一致していた。また、白枇杷の表面にうっすらと白い謎の粉が残っていたことも、彼女が毒を喰《く》らってしまったという証左となった。

しかも令花が予測した通り、使われたのは江楓が事件で用いた珍しい毒と同種のものだ。激しい嘔吐を引き起こし、会話すらままならなくする恐ろしい毒。

医師の話では、この毒は悌尾州《ていびしゅう》で採取できる特殊な茸《きのこ》から作られるもので、いかに輝雲《きうん》広しといえども、普通は手に入らないものだという。

毒の種類が特定できていたからこそ解毒剤がすぐに用意できたわけで、それはまさに不幸中の幸いだが——悌尾州と聞いて、令花の心はざわついた。

（つまり下手人は悌尾州と繋《つな》がりがあり、腑湖《ふこ》を介して毒を仕入れているはず。……柳《りゅう》泉《せん》様なら、その条件に当てはまるわ）

かつて江楓と繋がりがあった人物が胡家によって根こそぎ検挙されている以上、江楓が前回の事件のために仕入れた毒の余りを誰かが用いているとは考えられない。

となれば、最も疑わしいのは柳泉になる。彼ならば、檸檬草《れもんそう》の荷に紛れさせて、毒の原料である茸を手に入れられるのだから。

（……私一人の考えで、結論を急ぐべきではない。慎重にならなければ）

今後半月は、女性は寝台の中でひたすら眠ることしかできないだろう。当然、事情の聞き込みなど不可能だ。

事件を解明したい令花にとっては、まったく不都合な状況である。女性から直接話を聞くことが叶《かな》わない以上、彼女を東宮に入らせ、毒を盛ったのが誰なのかは推測するしかない。

（打ちひしがれている場合ではないわ）

医師の診断を聞いてひとまずほっと安堵《あんど》している妃候補たちを見守りつつ、令花は思う。

（殿下と合流できたら、ご相談してみましょう。昨日のお父様との話も、お伝えしなくてはならないもの……）

――もうこれ以上、誰かの思い通りになんてさせない。

袖の中で強く、拳を握りしめる。


伯蓮は、太陽が中天へと至るより前に東宮へと戻った。

禁城で探りを入れていたところ、事件を聞きつけて急いで帰ってきたのだという。

花角殿で医師から報告を受けた後、伯蓮は怯《おび》えている太子妃候補たちを宥《なだ》め、それぞれの居所に入らせた。

倒れていた女性はより設備の整った、信頼の置ける診療所に送られることとなったので、後はじっくり療養すればきっと大丈夫だろう。

そうなったところで伯蓮は、花角殿の隅でじっと事態を見守っていた久遠に、優しく声をかけた。

「久遠、お前もこんなことがあって怖かっただろう。宮女たちに聞いたぞ、指示を出して立派に働いたそうだな」

こっちに来い、という手招きに従って、久遠はとことこと兄に近づく。

どことなく元気のない様子の弟を、伯蓮は心配そうに眉根を寄せて見つめた。

「大丈夫か？　少し疲れているみたいだな」

「平気です、兄上。僕はちっとも……」

久遠は口ごもるように、床に視線を伏せる。

もちろん、これは演技の一環だ――少なくとも令花はそのつもりである。病弱な久遠は、朝から衝撃的な出来事があったので心身共に疲弊してしまった、というのを示しておきたいというのが一つ。それに、この後伯蓮と二人きりで密談するきっかけを作りたいというのもある。

すると伯蓮は姿勢を屈《かが》めて、耳元で囁《ささや》くように告げた。

「……話しておきたいことがある」

（！）

久遠にではなく、令花に対する言葉。

返事の代わりに、ただ令花は、無言で首肯するに留《とど》めた。

「よし、久遠！」

伯蓮は立ち上がりざま、わざと明るい調子で言う。

「じゃあ兄上と一緒に、薫香殿に戻ろう。少し横になって、休んだほうがいい。俺もしばらく、側にいるようにするから」

「あ、ありがとうございます。兄上」

もじもじと手を動かしつつ、久遠は礼を述べた。伯蓮はすかさずもう一度身を屈め、今度は弟を自分の腕に座らせるようにしつつ、一気に抱き上げる。

「わわっ、あ、兄上！」

(何もこんな時にまで、溺愛の即興劇をなさらなくても……！)

肩にしがみつきながら、ちょっと非難めいた気持ちも込めて、令花は伯蓮を見やった。けれども伯蓮は、ふざけてなどいなかった。抱き上げられることでちょうど間近にある彼の瞳は、誠実で穏やかな光を帯びている。

(え……)

――てっきりいつものように、面白がってやっているのかと思ったのに。

戸惑いか驚きか、それとも久遠としての感情のせいか。

自分でもわからないながらに心臓がどきりと跳ねるのを感じていると、伯蓮の空いている右手が、そっと令花の後ろ頭に乗せられる。

別に今日が初めてではないのに、その手がほっとするほど温かく感じて、肩の力が思わず抜けてしまった。

「本当に、よく頑張っているな。偉いぞ」

ゆっくりと頭を撫《な》でられるだけで、胸の内にあった苦いものが消えていく。

「でも、全部お前が抱え込まなくったっていい。これはお前だけの問題じゃない。俺とお前の問題なんだ。だから、二人で解決していこう。な？」

真摯な声音で告げられる優しい言葉は、まるで砂糖菓子のように甘く耳に響いた。

（これはあくまでも久遠に対する兄としての言葉で……私に対しての言葉じゃない）

演技者としての己を律するように、もしくは騙《だま》し込もうとするように、令花は心の内で呟《つぶや》いた。

（だけど、それでも……殿下はやはり、とても心の優しい方なのね。私に対してのお言葉じゃなくても、こんなに安らぐんだもの）

張り詰めていた気持ちが、すっかり解《ほぐ》れていく。

令花は久遠としても何も言えなくなって、薫香殿に戻るまでの間はただ、彼の肩に強くしがみついていた。

その光景はきっと、疲れきってしまった弟を運ぶ、慈愛溢《あふ》れる兄のように見えるだろう。

けれどその実、抱き上げられているこの間だけは、令花は令花としてそこにいた。

「……よし、人払いはできているな」

薫香殿の久遠の部屋に入るや否や――しばらく弟を自分だけで看てやりたいと伯蓮が言

ったので、周りには宮女も誰もいない――伯蓮はいつもの調子に戻っていた。

「はい、殿下」

令花もまた、普段の調子を取り戻して頷《うなず》く。

「私もちょうど、お話ししなければならなかったのです。先ほどの事件についてだけでなく、胡家でのことを……」

「それは実に気になるが、その前に、お前に見せておきたいものがあるんだ」

互いに椅子に腰かけたところで、伯蓮は折り畳まれた一通の紙を懐から取り出した。既に開けられているが、厳重な封がされていた様子から見ても恐らく密書、だろうか。

「読んでみろ。お前の意見を聞きたい」

「はい」

短く応え、開いた紙に書かれた文章を目で追う。

手紙の文面は、このようなものだった。

『伯蓮皇子へ
この手紙を以《も》って、積年の不徳を戒める。この者の姿は、お前の未来でもある』

差出人の名前は、書かれていない。

「これは脅迫状、ですか⁉」

「倒れていた宮女が、懐に持っていたんだ」

真面目な面持ちで、伯蓮は答えた。

「治療した医師が見つけて、封を開けずに俺に渡してくれた。実際、そうしてくれて助かったよ。もし太子妃候補たちが見つけてうっかり中身を読んでいたら、もっと大騒ぎになっていただろう」

「ええ……ですが、なぜあの女性はこんな手紙を」

そこまで言ったところで、答えが閃《ひらめ》いた。

先ほど妃《きさき》候補たちが言っていた通り、あの宮女は東宮内で働いている者ではない。

つまり普段は東宮の外にいる者が、そもそもなぜ中に入ってきていたのか。

簡単な話だ――彼女は使いに出されたのだ。

手紙の主に「これは重要な密書だ。話はつけてあるから、確実に伯蓮皇子に渡すために、東宮内の薫香殿へ行ってこい」などと言われたために。

しかも恐らくその際に、褒美として白枇杷《びわ》を渡されたのだろう。せっかくの貴重な品だから一口ここで食べていけなどと言われれば、宮女にそれを拒む理由も権限もない。

彼女は言われるがままに一口齧《かじ》り、枇杷を大事に手巾《しゅきん》に包み込んだ。

そして通用口から東宮内に入り、中央にある薫香殿まで行こうとした。だがちょうど赤殿近くに至った辺りで、毒が発症。そのまま倒れてしまったに違いない。

（宮女が枇杷を齧っていたことも、通用口から倒れていた辺りまでしか足跡がなかったことも、これで繋がる）

なぜわざわざ、伯蓮の下賜品と同じ白枇杷に毒を盛ったのか——どうやって下賜品が白枇杷だと知ったのかについては、まだわからないが。

「……この手紙の主は、確実に外部の人間になりますね」

「話が早いな。俺もそう思っていたんだ」

令花がここまでの自分の推測を話すと、伯蓮は満足そうに頷いてから続ける。

「しかし『誰がどんな理由で、この脅迫状をあの宮女に持たせたか』は謎のままだな。ちなみにあの宮女、どうやら本来は父上の後宮付きの宮女のようだぞ。向こうで無断欠勤したと騒ぎになっているらしい。もう裏から連絡は回ったようだが」

「そうだったのですね……。妃候補の方々は皆、『悪姫』のもとで働いている宮女だと思っておられるようです」

応えつつ、深く考える。

脅迫状に実名を書かないというのは、ありふれた話だ。人は無名の誰かから向けられた悪意をこそ、最も敏感に恐れるものだから。

けれどこの文面は、伯蓮の『不徳を戒める』とある点で特徴的だ。

つい最近、これと同じような発言をしていたのは――

「まさか、この手紙の主は藤貴様？　けれどあの方が、こんな残虐なことをなさるとは」

「だよな、俺もそう思う。第一この前の麗麗《れいれい》の潜入のお蔭《かげ》で、藤貴はたぶん何も知らないって結論を出したばかりだ」

けど、と伯蓮は続ける。

「もし俺が何も考えていない馬鹿だったとしたら、この脅迫状を見てなんて言うと思う？『これは藤貴からの手紙に違いない。藤貴は俺の毒殺を試みているのだ！』って、喚《わめ》き散らすとは思わないか」

「そうかもしれません。殿下は、そのような短慮な方ではありませんが」

と言いつつ、令花は再び考えを巡らせる。

もし伯蓮が、藤貴を本心から疎ましく感じていて――かつ『悪姫』と久遠と麗麗とが同一人物であると知らなかったとしたら、一連の事件に対してどんな反応をするか。

まず、己の態度を改めるよう直談判《じかだんぱん》されるなどという屈辱の後に、東宮で紅玉を中心としていざこざが起こった。しかも紅玉は実家から、その実家は何者かから圧力をかけられているらしい。荘《そう》家に圧力をかけることができるうえ、誰にも尻尾を摑《つか》ませないなんて、これは時機から見ても藤貴の仕業に相違ない、と思うだろう。

次に、東宮の宮女・麗麗が姿を消す事件が起こった。なんと藤貴の元に会いに行ってお り、藤貴は彼女を帰すのに難色を示している。東宮の宮女に手出しをするとはなんという 不届き者だと、さらに怒りを募らせるだろう。

そして極めつけは、今日の事件。

藤貴と思《おぼ》しき相手から殺意の籠った脅迫状を送られたとあったら、もはや伯蓮と藤貴の 仲は致命的なまでに決裂する。仮に伯蓮が藤貴を討とうとしたとしても、まったく不思議 ではない。

「殿下。もしかして」

令花は、背中に冷や汗が伝うのを感じながら言った。

「一連の事件の首謀者の目的は、殿下を煩わせること自体ではなく……殿下が藤貴様を疑 うように誘導して仲違《なかたが》いさせること、だったのではないでしょうか」

「何？」

訝《いぶか》しげにする伯蓮に、さらに説明をする。

「皇太子である殿下と第五皇子である藤貴様とが本格的に対立して争いになれば、それだ けで大きな動乱となります。夏輪国の平穏は破られ、皇子殿下同士の争いは激化するでしょう。今回、藤貴様が殿下のもとを訪れたのが、計画を実行するきっかけとなってしまったのかもしれません」

「ふうん」

伯蓮は短く唸《うな》った。

「俺が立太子されたことを認めない他の皇子連中も、そんな大きな戦いになれば蜂起して、どさくさ紛れの利権を狙うだろうな。完全な内乱になってしまったら、いくら父上でも頭を押さえつけてはいられないだろうし……なるほど」

語るだに眼差《まなざ》しを鋭くして、彼は嘆息する。

「筋が通った計画だな。誰が企《たくら》んでいるのかは知らないが」

「ええ、恐ろしい話です」

令花はまさしく背筋が凍るような、慄然とした感覚に襲われた。

夏輪国全土を戦火に呑《の》み込む火薬の導火線が、目の前にちらついているのだ。

伯蓮が相手の意図に気づいていたから——否、伯蓮が藤貴に対してある種の信頼感を抱いていたからよかったものの。

(首謀者は、殿下と藤貴様の間柄について、表面的なことしか知らない人物に違いないわ。だからこそ、策を弄せばお二人を簡単に仲違いさせられると考えたのでしょうから)

かつ犯人は、胡家の目を逃れて悌尾州から茸《きのこ》を仕入れ、この地で毒を仕込めるような人物。しかも荘家に圧力をかけている点から、それなりの地位のある人物に絞り込める。

「……輝雲を離れて自分の領地に引き籠っている皇子連中は、首謀者の候補から外れるな」

こちらの考えを汲《く》んだように、伯蓮が言った。

「むしろ今、輝雲にいる奴が下手人だと考えるほうが自然だ。となると……」

「以前より悌尾州から薬を仕入れている、柳泉様。あるいは最近こちらに来た皇子の方で、藤貴様以外となると……桑海様も候補となりますが」

「藤貴が犯人じゃない以上、二人のうちどちらかだな。どちらも、国を巻き込んだ動乱なんて望んでそうには思えない奴らだが」

「ええ……」

どちらかというと、明確に悌尾州と繋《つな》がりを持っている柳泉のほうが怪しい。しかしここで結論を出すには、やはりまだ情報が足りない。一方で今、一つ確かな事実がある。

(殿下が藤貴様を信じていらっしゃらなかったら、今頃どうなっていたか)

そう思うと、令花は焦りや恐れと同時に、激しい怒りを感じていた。

「……殿下。私は、この事件の首謀者を許せそうにありません。夏輪国の多くの人々の命をないがしろにしているだけでなく、犯人は殿下と、何より胡家を愚弄しています！」

胡家の真実の姿を知る世人は少ないとしても、多くの悪人にとっての胡家は白を黒にし、黒はさらに黒く仕立て上げ、吊《つる》し上《あ》げて残虐に処刑する恐ろしい一族だ。

だからこそ胡家は皇家を守る忠臣であり、毒刃たり得ているのである。

にもかかわらず、今回の事件の裏にいる者は、胡家をまったく恐れていない。

東宮に『胡家の悪姫』がいるのに――つまり東宮は胡家の「縄張り」だというのに、それを意に介さず己の思うままに犯行を重ねている。

このままではいられない。

（私のご先祖様や、お父様たちの働きを無為になどさせない）

「これ以上事が起こる前に、私が必ず未然に防いでみせます。『悪を誅《ちゅう》する悪』としての誇りと威信に懸けて！」

我知らず椅子から立ち上がり、前のめりになって令花は告げた。

それを見た伯蓮はしばし驚いたような顔をしていたが、ややあってから、ふっといつもの軽薄な笑みを浮かべる。

「そういきり立つなよ、令花。俺は嬉《うれ》しいぜ。相手が俺を腑《ふ》抜《ぬ》けだと甘く見てくれているからこそ、こうして計画を事前に見抜けたわけだからな」

「殿下……」

「わかってるさ」

伯蓮も椅子から立ち上がり、こちらの肩に片方の手を置いた。――その重みと温かさから、強い信頼を感じる。

「止めるんだ、俺とお前で。そのための久遠で、そのための演目だろ？」

「はい！」

肩に置かれた伯蓮の手に自分のものを重ねて、令花は頷《うなず》いた。

「信じてくださってありがとうございます、殿下。私、全力を尽くします」

「それは嬉しいが、無茶するなよ。つまりあれだ……台本を作った時は、事前に俺に見せてから演じるようにな。だからって、また五十通りも作られたら骨が折れそうだが」

「殿下こそ、即興劇をなさる前に、どうか事前にご相談くださいね」

いつの間にか、頬が緩んで笑みが零《こぼ》れている。

こんな状況で不謹慎かもしれないけれど、なぜか胸の内から、勇気が湧いてくるように思えたからだ。

だが、扉が叩《たた》かれる音で令花の意識は引き戻される。

廊下からは、久遠付きの宮女の声がした。

「申し訳ありません、殿下。緊急のお知らせがございます！」

人払いをしたにもかかわらず、呼び出しがある――ということは、よほどの事態が起こったに違いない。伯蓮は警戒の面持ちで、その場に留まったまま返事をする。

「何用だ」

「じ、実は……」

宮女の何やら怯《おび》えた様子から、よからぬ事態が起こっているのは予期できた。

しかし彼女が告げた知らせは、思いがけないものだった。

＊＊＊

伯蓮に続いて花角殿に入った時、久遠の姿をした令花は、これ以上ない緊迫感を覚えた。

とてつもない怒りや不安を抱えた人間が発するある種の無言の威圧感、息が詰まるような雰囲気。そういったもので、屋内が満たされている。

伯蓮たちが現れた時、ちょうど藤貴は宦官《かんがん》の陳《ちん》や、同行してきたらしい桑海の宥《なだ》めもまったく聞かずに、広間を所在なさそうに歩き回っているところだった。

「藤貴殿下、ま、まずはどうか椅子にお掛けになってくだされ」

「兄様、そう怒らないでください！　何が起こったのか、まだはっきりしたわけではないんですから……！」

「静かにしてくれ」

そう告げる藤貴の表情は重苦しく、手負いの獣のように荒《すさ》んでいる。

そんな藤貴に対しても臆さずに、伯蓮は軽く手を挙げて挨拶した。

「兄上、どうされました？　お立ち寄りになるのなら、事前に一報くださっても……」

「伯蓮!!」

現れたのに気づくなり、藤貴は食ってかかるような勢いで距離を詰める。

「聞いたぞ、伯蓮。東宮の宮女が毒に倒れたそうだな！」

「ああ、情報が早いですね」

軽薄で慇懃《いんぎん》な態度を崩さずに、伯蓮はしれっと応えてみせる。

案の定、それは藤貴の逆鱗《げきりん》に触れた。彼は表情をさらに険しいものにしてから、強い語気で言い放つ。

「当然だ！　初めてここを訪れて以来、東宮の近くに我が手の者を置いて、中の様子を窺《うかが》っているのだからな」

麗麗を呼び止めたあの日からずっと、藤貴は東宮の調査を止《や》めていなかったのだ。

「被害に遭った者はお前の下賜した品を食べたせいで、毒を受けたと聞いた。しかも、『悪姫』付きの宮女だというではないか。伯蓮、それはよもや、あの若い……」

「ははあ」

にやり、と伯蓮は笑う。

「麗麗が毒を受けたのではないか、と焦っていらしたわけですね。兄上」

「くっ……！」

図星だったのか、藤貴はわずかに怯《ひる》んだ様子を見せる。

（藤貴様は、そんなにも麗麗を心配してくださっているのね）

令花としてはその思いやりの深さに感じ入るばかりなのだが、一方で、伯蓮はなおも挑発的な態度を変えない。

「ご安心ください、兄上。被害に遭ったのは麗麗ではなく、別の者です。既に医師から解毒の処置を受けて、今は信頼できる診療所にて安静にしています」

「そうか……」

――麗麗ではなかったこと、そして被害者が救命されたこと。

その二つに心から安堵《あんど》するように息を吐いている時は、藤貴の表情から怒りの色が消えていた。

同じく安心した様子の桑海が、兄を取りなすように口を開く。

「よかったですね、兄様！　麗麗さんが無事で……。あっ、で、でもどうして、下賜の品に毒なんてついていたんでしょう？　白枇杷《びわ》って、食中毒とかになりやすいのかな」

「……！」

久遠は柱の陰で、じっと事態を見守る。

藤貴がはっと何かに気づいたように、目を見開いたからだ。

「……伯蓮」

「今度はなんです？」

「お前が『悪姫』に下賜した品に毒が混入していて……そのせいで宮女は被害を受けた。それに相違ないな」

伯蓮は、やや大仰なまでに肩を竦《すく》めてみせた。

「だとしたら、なんでしょうか」

「ふざけるな!!」

額に青筋すら浮かべて、藤貴は吠《ほ》えるように言う。

「皇太子が下賜する品となれば、ただ手配するだけでも厳重な手続きがとられる。そんな品に毒を混入させるなど、並大抵の者にはできない……伯蓮、本人であるお前以外にはな」

じっと弟を睨《にら》み据えるようにしながら、藤貴は続けた。

「お前は下賜の品に毒を盛って、『悪姫』を消そうとした。だが『悪姫』の毒見係が代わりにその毒を受けてしまった。そうではないのか？」

「仰《おっしゃ》っている意味がわかりませんね」

不愉快そうに、伯蓮が眉を顰《ひそ》める。

「確かに『胡家の悪姫』は我が東宮の悩みの種。ですが言ったでしょう、俺はあの者を胡家への牽制《けんせい》として東宮に置いているんです。人質を殺してしまっては意味がない。つまり、俺には『悪姫』に毒を送る理由なんてない」

「理由ならあるはずだ！　この不埒者《ふらちもの》め」

一歩間を詰めて、藤貴は怒りを露《あら》わにする。

「お前は『悪姫』が邪魔になったのだろう。篭絡されていたという噂《うわさ》が真実かどうかは、この際どうでもいい。新しい関係を始めるにあたってお前は『悪姫』との噂を足かせに感じ、あの者を害そうとしたのだ。そのせいで無関係の人間が毒に苦しむ羽目に陥るなど、人として断じて許せん！」

「新しい関係？　……なるほど」

目つきを鋭くし、いかにも不機嫌極まったという表情で、伯蓮もまた藤貴との距離を詰める。二人の距離は、もはや数寸もないほどだ。

「どうやら兄上は、本気であの宮女に入れ込んでいらっしゃるようだ。俺との仲を疑うだけでなく、使いもなしに唐突に東宮に訪れるほどだとは……。人として許せないなどとお為《ため》ごかしを仰るのは、おやめになってはいかがですか」

「なんだと!!」

「そもそも」

怒りのあまり胸倉を摑《つか》みそうになった藤貴を、一歩下がっていなしてから、伯蓮は表情を変えずに言う。

「こちらこそ、今回の毒の件では兄上を疑っているのですがね」

「は……？」

寝耳に水、といった様子で、藤貴は虚を衝《つ》かれた顔をする。その後ろで震えながら事態を見守っている陳や桑海も、あまりの言葉に口元を覆っていた。

しかし伯蓮は、さらに語る。

「あの宮女が持っていた手紙をお忘れなく。さすがに記名もないのに、公然と兄上を糾弾するのはやめておきますが……俺の一存で、兄上を皇太子に謀反を起こした大罪人にすることをできるんですよ」

「なんの話だ……？　ここに来て、私に責任を転嫁するつもりか!?」

「兄様！」

とりなすように、飛び出してきた桑海が藤貴の片肘を取った。

「伯蓮兄上は、気が動転しておられるんですよ。東宮でこんな大きな事件が起こってしまったんだから当たり前です！　ここは下がって、落ち着いてからもう一度話し合いを……」

「落ち着いてだと？　私は冷静だ。それに東宮を差配する皇太子として、気が動転するなどあってはならんことだ。覚悟が足りない貴様の失態だぞ、伯蓮！」

火に油を注がれたように、藤貴は伯蓮に激憤をぶつける。

伯蓮はそれを真正面から受け止めながらも、どこか冷めたような目をしていた。

「いいでしょう、兄上。あなたがそういった態度に出られるなら、こうしましょう。数日、時間をください。その間に今回の事件……いえ、それよりもっと大きな問題について結論を出し、その後きちんとご説明してさしあげますから」

「また言い逃れする気か」

「兄上がそう思いたいのなら、どうぞご勝手に。しかし藤貴兄上ほど清廉な方なら、説明させてくれと乞うている弟を、無下に突き放したりなどなさらないでしょう？」

「癇《かん》に障る物言いをする奴だ」

藤貴は、なおも煮えたぎるような怒りを燃やし続けていた。だが実際、律義ゆえに、伯蓮の申し出をもっともだと思ったのだろう。

彼は一歩下がった。それを見て桑海は、そして久遠も、ほっと息を吐く。

「陳、兄上がお帰りだ。お見送りするように」

「ひゃ、ひゃい！」

ずっと腰を抜かしそうになっていた陳は飛び跳ねるように慌てて返事をして、しずしずと藤貴たちの元へ歩み寄った。

陳が恭しく出口へと案内すると、一度だけ、振り返った藤貴はじろりと伯蓮を見やる。

しかし何も言わずに視線を戻すと、陳の先導に続く形で足早に、花角殿から退出していった。桑海は丁寧な礼をした後、兄の後について去っていく——

「……ふう」

彼らがいなくなってしばらくしてから、ようやく伯蓮は演技をやめた。

「やれやれ、藤貴兄上ときたらすごい剣幕だったな」

「はい、兄上」

久遠として、令花は柱の陰から歩み出て言う。

「まさかあそこまで、宮女の麗麗を心配していらっしゃるとは……本当にお優しい方なのですね」

「単なる優しさとは少し違うと思うがな。まあいい」

伯蓮は久遠の傍らに近づき、そっと囁《ささや》くように問いかけた。

「で、何かわかったか」

「先日得た手がかりと合わせて、怪しいとは思いました。しかし確証がありません。ですから」

令花は伯蓮を見上げ、続ける。

「先ほど兄上が仰ったように、数日間の準備が必要です。しかる後に、『釣り』を試みます」

「釣り……？」

「故事にはお詳しいでしょう」

背伸びして、耳元に囁き返すように令花は告げる。

「胡家伝来の技です。謀事《たばかりごと》を以《も》って、より大きな謀事を未然に防ぐ。悪を以って、真の悪を釣り上げる。きっと上手《うま》くやってご覧に入れます」

そうか、と伯蓮はにっこり笑った。

「久遠、それはいい考えだな。ならどうする？　大きな船でも用意するか」

「そちらについては、僕に考えがあります」

態度は久遠として、けれど瞳には策略家としての煌《きらめ》きを宿して、令花は言う。

「ずっとお話しできずにいましたが、昨日のうちにとても面白い成果をご用意したんです。お役に立つと思います」

「楽しみだな。また後でじっくり聞かせてくれ」

「はい、兄上」

兄弟皇子は連れ立って、薫香殿へと戻っていく。

傍《はた》から見ればそれは、激怒して帰っていった第五皇子を気にも留めない不遜な態度か、あるいは現実逃避のように思えるかもしれない。

けれど令花には、そして伯蓮にはわかっていた――誰を疑うべきなのか、これからどうすればいいのか。数日間の猶予を用いて、どのような網を張ればよいのかすらも。

(己を悪と偽り、真の悪を釣りだす。胡家の真骨頂をお見せします、殿下！)

――大舞台には、それなりの準備期間が要る。

今度こそ悪事を未然に防ぐべく、令花と伯蓮の演目が始まる。

終幕　悪姫、顕現すること

東宮での毒殺未遂事件から、数日後の夜。

見事に晴れた夜空には満月が輝き、煌々《こうこう》と大河の水面《みなも》を照らしている。

側仕《そばづか》えたちと共に馬車を降りた太子妃候補たち――もちろん『悪姫《あっき》』を除いて――は、慣れない夜間の外出と見慣れぬ夜の港の風景に、きょろきょろと辺りを見回していた。

しかしその時、眼前に現れた人影に、ぱっと表情を明るくする。

「皆、よく来てくれたな」

「皇太子殿下……！」

紅玉《こうぎょく》たちが揃《そろ》って深い敬意を示す礼をすると、伯蓮《はくれん》は鷹揚《おうよう》にそれを留《とど》める。

「そう畏《かしこ》まらなくていい。今日は、皆の慰労を兼ねてこの場を用意したんだ。普段の疲れを、今夜は存分に癒《いや》してくれ」

そう言った伯蓮が手で指し示した先には、二隻の船が泊まっていた。

河辺に燈《とも》された灯《あか》りがなくとも輝いて見えるほどに、どちらも同じく豪華な船だ。

船の舳先《へさき》には鳳凰《ほうおう》の首の木像が取りつけられ、さらに船体は黄、白、赤、黒、緑の五色で絢爛《けんらん》に彩られていた。どうやら、船全体で一羽《わ》の鳳凰を表現している様子である。しかも船上に座敷《ざしき》と屋根があり、あたかも楼閣が聳《そび》えているかのようだ。あの船に乗れるのか――と、太子妃候補たちは驚きと喜びを隠せない。

「乗り心地は悪くないはずだ」

と、伯蓮は鳳凰船を見つめながら言う。

「知り合いの伝手《つて》で借りたんだが、その者はあの船にかなり自信がある様子だったからな。それと、料理も用意させている。禁城の厨《くりや》で毎日腕を振るっている料理人が、最高級の食材で調理した品だ。遠慮しないで食してほしい」

「あの、殿下。過分なるご厚情を賜り、感謝申し上げます」

おずおずと、瑞晶《ずいしょう》が口を開く。

「畏れながら、一つお伺いしたく……船は二隻停泊しているようですが、我々は分かれて乗ればよろしいのでしょうか」

「いや、その必要はない」

伯蓮は穏やかに首を横に振った。

「実は今日は、第五皇子と第十七皇子も招待している。彼らと少し、内密な話をするからな……皆と我々が、別の船に乗ることになる。一隻は太子妃候補たち、もう一隻に我々が乗るという算段だが、それで許してもらえるだろうか」

「無論です！　お気遣い、恐れ入ります」

その場にいる太子妃候補たちは、全員少しほっとしていた。

彼女らは伯蓮を敬愛してはいるが、しかし一緒にいて恐縮しないわけではもちろんない。

今日はせっかく『胡《こ》家の悪姫』の恐ろしい監視の目も抜きで、思うように羽を伸ばせる機会なのだ。であれば皇子たちとは別船というのは、今のところ皇太子からの寵愛《ちょうあい》を奪い合うでもない間柄の彼女たちにとって、ありがたい話なのである。

そこでふわりと、風が吹き渡った。今日の夜風は、花咲く季節らしからぬ寒気を伴っている。

「さあ、あの船なら夜風も凌《しの》げるだろう。先に乗り込むといい」

「ありがとうございます、殿下」

四人はそれぞれ頭《こうべ》を垂れ、いそいそと船へ歩いていく。

「残念だったね、久遠《くおん》くん。せっかくの機会なのに、今日は東宮でお留守番なんて」

「でも、今夜の風の強さでは久遠様のお身体《からだ》に毒ですわ。殿下もそう判断なさったのでしょう。本当に、ご一緒できればよかったのですけれど」

「うむ。せめて、楽しい土産話を持って帰れるようにしよう」

琥珀《こはく》、紅玉、銀雲《ぎんうん》たちは、ひそひそと話しながら乗船する。

そして乗り込んですぐ、凝りに凝った内装と鼻腔《びこう》をくすぐる美食の香りに、思わず明るい歓声をあげるのだった。


「さて」

太子妃候補たちが船に乗ったのを見届けた後、伯蓮は貴公子然とした落ち着いた態度を崩さないまま、街道に視線を送った。

そこにはちょうど、一台の馬車が停《と》まったところである。降りてきた影は二つ——烏紗《うさ》帽を被《かぶ》った大柄の人物と、それよりは小柄な人物。

藤貴《とうき》と桑海《そうかい》だ。

「こ、こんばんは〜……」

恐縮しているというよりは、どこか怖がっているようにひょこひょこと歩いてやって来る桑海は、藤貴と伯蓮の様子を交互に見比べている。

一方で藤貴はといえばゆったりとした足取りで、まっすぐに伯蓮を見据えながら近づいてきた。数日前、花角殿《かくでん》に突撃訪問してきた時よりは落ち着いているが、それでもその目に宿る怒りは一触即発の雰囲気を醸し出している。

「いらっしゃい、兄上。そして桑海殿」

「此度《こたび》は宴席にお招きいただき、感謝する」

皇太子に対する礼を終えた後、顔を上げた藤貴の視線はぎらついていた。

「……それで。私たちを呼んだということは、例の『説明』とやらの準備はできたのだな」

「そう取っていただいて構いません。船上での密談にしたのは、そのほうが露見せずに済むからですよ。少し、刺激的な話を含みますからね」

「……」

藤貴は睨《にら》むのをやめないが、少なくとも伯蓮の言葉を信用するつもりではあるようだ。

彼は無言のまま、伯蓮が手で示した先にある鳳凰船を見つめた。

「あの船が、なぜここにある」

「ああ、お気づきになりましたか。実は、柳泉《りゅうせん》の奴に借りたんですよ」

さらりと伯蓮は語る。

「なんでも今は事業の都合で、船が空いているそうで。ご心配なく、いかがわしい真似《まね》はしませんから」

「あ、あの、恐れ入りますが僕は」

桑海は恐縮した態度で伯蓮に問いかける。

「ふ、船でどう過ごしていればいいですか？　お二人のお話し合いを聞いていればいいのかな……。僕、普段は快遊艇《かいゆうてい》に乗ることばかりで、あんな派手な船に乗るのは初めてだから、ちょっと気後れしてしまいまして」

「桑海殿は、ただ共にいてくれればいい。今日は久遠がご一緒できないので、申し訳ないが……先日、久遠を舟に乗せてくれたお礼もしたくてな」

「そうですか！　いやぁ、頼まれればいくらでも舟になんて乗せてあげるのに」

えへへ、と桑海は照れて笑う。

「でも確かに、久遠くんがいないなんて残念ですね。今日はまたお喋《しゃべ》りできるかもと思っていたんですが」

「兄の弁明の場だ。幼い子どもが共にいないほうがよいだろう」

藤貴は端的に言うと、船へと向かっていく。

「あっ、兄様！　待ってください～！」

先へ行く兄の背を、桑海は急いで追っていく。その二人の背をさらに見つめてから、伯蓮は同じ船へと歩みだした——背後に、剣で武装した衛兵たちを連れて。

＊＊＊

二隻の鳳凰船は、大河の水面を優雅に進んでいく。

もちろん遊覧が目的なので、輝雲《きうん》の港から大きく離れたりはしない。しかし周りに他の船の姿もなく、帆に風を受けて進むその姿は、単に煌《きら》びやかなだけでなくどこか神々しさがあった。

同乗している水夫たちの腕前もあって、二隻の船は互いに互いの様子がよく見える状態で運行されている。

伯蓮は、ちらりともう一隻の様子を見やった。屋根の下、太子妃候補たちは美しい夜景を眺めながら、食事と会話に花を咲かせているようだ。

翻って、こちらの船上の空気はどんどん重苦しいものになっている。

藤貴は最初に提供された飲み物にはかろうじて口をつけていたが、それも酒ではなく果物の汁を搾ったものであると聞かされてようやく一口飲んだだけであって、食事には見向きもしていない。

桑海もまた、兄に遠慮して食事にはあまり口をつけていなかった。主催たる伯蓮も同様である。

誰も皿にろくに箸をつけないまま、湯気をあげた料理が次々と卓上へ運ばれていく。

そんな中、恭しく側仕えが運んできたのは蟹《かに》料理だった。

あっ、と桑海が短く声を発する。

「この蟹……！　兄様を歓迎してくださった時のものと、同じですね」

「ああ、そうだ」

伯蓮は頷《うなず》き、それから付け足すように言った。

「今日は例の尖《とが》った食器は用意していないから、どうか安心してくれ。桑海殿」

「申し訳ありません。気を遣っていただいて」

桑海は照れ隠しのように後ろ頭を掻《か》いた。

「皇子なのに、恥ずかしいですよね。でも僕、どうしてもああいうのは駄目で……」

「弟への配慮には、礼を言う」

それまでずっと黙り込んでいた藤貴が口を開き、桑海は慌てたように言葉を呑《の》み込んだ。

「だがこうして船に乗り込んで、もはや四半刻《はんとき》。いい加減に、説明とやらを始めたらどうだ？　伯蓮。それとも、船上で俺をどうにかして酔わせて、有耶無耶《うやむや》にしようと考えているのではあるまいな」

横目でじろりと伯蓮を見やりながら語る藤貴に、伯蓮は微笑《ほほえ》みを返す。

「ご冗談を。俺は会話の席には、食事が必要じゃないかと思っただけですよ……余計なお世話だったようですが」

手にした箸の先で冷めてしまった料理を突きつつ、やや大げさに顔を曇らせて続けた。

「これでは卓の上で料理がどんどん冷えたまま、そのうち食後の甘味の果物が出てきてしまいますよ。そうそう……」

伯蓮は一度閉じた瞼《まぶた》を、ゆっくりと開きながら告げる。

「果物といえば。先日、俺が太子妃候補たちに与えた下賜の品についてだが、桑海殿」

「えっ？」

「この前お会いした時、あなたは俺が準備した品が白枇杷《びわ》だと言い当てていたな。なぜわかったんだ？」

麗麗《れいれい》が害されたのかと勘違いした藤貴が花角殿に乗り込んできた時、桑海は確かにこう言ったのだ。

『白枇杷って、食中毒とかになりやすいのかな』――と。

桑海は、一瞬だけ目を大きく見開いた。

だがすぐに苦笑すると、藤貴のほうを見ながら口を開く。

「それはだって、兄様が東宮の近くに、いつも人を配置していたからですよ。伯蓮兄上の使いが買いつけた白枇杷を東宮に運んでいくところを、ちょうど目撃した者がいたんです。兄様にも、そうご報告しましたよね」

「その通りだ、伯蓮」

藤貴は鋭い眼差《まなざ》しで頷く。

「もっとも私は、果実の類だとしか聞いていないが……桑海が実際にどんな品かを詳しく知っていたところで、特段問題でもない。側仕《そばづか》えの者たちからの報告を集約して、私に報告するのは桑海の役目だからな」

「……そうですか」

「何が言いたい」

いい加減に痺《しび》れを切らしたように、藤貴は拳で軽く卓を叩《たた》いた。

「言いたいことがあるなら、はっきりと口にしろ。事と次第によっては、容赦はしないが」

「いえ、不思議なこともあるものだと思ったんですよ。藤貴兄上」

伯蓮の纏《まと》う雰囲気が、変わる。

今までの軽薄で慇懃《いんぎん》で、保身に長《た》けたちゃらんぽらんの皇子という印象から——

堂々とした、王者にふさわしい覇気のある人物へと。

その顔に不敵な笑みを浮かべて、彼は言い放った。

「下賜の品が東宮に運び込まれた、というのは、確かに傍《はた》から見ていればわかるでしょう。しかしなぜ、桑海殿はそれが白枇杷だとわかったんでしょうね。皇太子が買いつけた品は通常、印章のついた木箱に封じられるもので……外で開けられたりしないのに」

「……！　ですから、それは」

桑海は何やらしょんぼりしながら答える。

「たまたま、市場で白枇杷をたくさん買いつけている人を目撃した側仕えがいたんです。見ていたらその後、白枇杷が特別な箱に詰められて、東宮へ運ばれていったという報告で……。もしかして伯蓮兄上は、僕を疑っていらっしゃるんですか？」

「そうだぞ、伯蓮」

激しい怒りを露《あら》わにしながら、藤貴は言った。

「桑海がお前たちになんの害を加えたというのだ。弟は、真面目で虫も殺さぬ優しい性格だ。いくらお前が不埒者《ふらちもの》だからといって、害するような真似をするわけがない！」

「ええ、まあ、そうなんでしょうね」

持ったままだった箸を卓に戻して、伯蓮はいなすように応える。

「市場で何かを大量に買うなんて、それこそ料亭だの酒楼だの、宴会を予定している市井の者でも、いくらでもやることだと思いますが。なぜそんな当たり前の光景を見咎《みとが》めて、しかも悠長に眺めている側仕えなどがいたのでしょうか。東宮どころか、俺自身の動向を逐一監視していない限り、そんなことはできないはずです。行きすぎていませんかねえ、たまたまにしては」

下賜の品が白枇杷だと知っているのなら当然、同じものを自分が買い、宮女に偽って渡すことも可能になる。──伯蓮は、それを問うている。

「……そんなあ」

桑海は、すっかり意気消沈した様子で呟《つぶや》くように言った。

「ひどいです、伯蓮兄上。僕は兄上のことを、皇太子殿下として尊敬しているのに。第一、僕が東宮の人たちに毒を盛ったりして、いったいどんな得があるっていうんですか？　もしかして僕が兄様の命令で、そんなことをしたとお思いなんですか」

「いいや。そんなことは少しも思ってなどいないさ」

どこか軽口を叩くように応えると、伯蓮は天を仰ぐ。

「だが残念、もう時間切れだ。藤貴兄上には俺の口から説明できれば……と思っていたが、そうもいかなかったみたいだな。追いつかれた」

「何……？」

涙目になっている桑海を庇《かば》うようにしながら、藤貴は眉を顰《ひそ》めた。

――その時である。

「わわっ!?」

「きゃあぁあっ!?」

桑海、そしてもう一隻のほうの船に乗っている紅玉の悲鳴が遠くから聞こえる。

無理もない。彼らの声よりさらに大きく、まるで天から降り注ぐ轟音《ごうおん》のように突如として、低く太い船上喇叭《らっぱ》の音が辺りに鳴り響いたからだ。

いくつもの喇叭が同時に不協和音を奏でているせいで、それはあたかも神話の怪物の叫び声のようにすら聞こえた。どうやら大河の岸辺のほうにも届いているようで、街の人々が不安そうに河辺に集まり、様子を窺《うかが》っている姿が彼方《かなた》に見える。

警戒心を保ち続けていた藤貴でさえうっすら冷や汗をかくほど、異様な事態。

その中にあって伯蓮は一人、耳を塞いで苦い顔をしていた。

「……まったく、やるとなったら派手だよな……」

その呟きは轟音のせいで、誰の耳にも届かない。

しばらくして音が止まると、今度は河の緩やかな波の向こうに、ぼんやりとした灯《あか》りが灯《とも》っているのが見えてきた。

暗闇を照らしているそれは、徐々にはっきりとこちらの目に届くようになっていく。

伯蓮たちの乗る船を目がけて一直線に、それは大河を切り開くようにして近づいてきた。

船べりに吊《つ》るされた灯りは、橙色《だいだいいろ》に輝き、月光を反射した帆に描かれているのは環状の藤葛《ふじかずら》の中央に「三」とある紋章。そして船の舳先《へさき》に佇《たたず》むのは、どこまでも恐ろしく冷たく、美しい笑みを湛《たた》えた、漆黒を纏う一人の女性――

『胡家の悪姫』⁉ 馬鹿な……」

思わず立ち上がり、藤貴は目を疑っている。

「なぜだ……なぜ、あの者が脯湖《ふこ》にあるはずの、私の船に乗っている！」

「ほ、本当だ！」

兄の服の裾にしがみつくようにして、桑海もまた震える声で言う。

「あの帆印は間違いなく、脯湖で兄様が管理している船ですよ！ 胡家に奪われたんでしょうか？ で、でもなんで」

彼らが戸惑う間に、『悪姫』の乗る船はすさまじい勢いで接近してきた。

伯蓮たちの乗る船が急いで停止したものの、それでも相手方の速度は変わらない。

このままではぶつかる、と誰もが思った瞬間。

「……」

伯蓮たちの船のほうを見据えている『悪姫』は、無言のままに右手を挙げた。

するとそれに合わせたように、船はおもむろに停止する。

鳳凰《ほうおう》船と『悪姫』の乗った船は、ちょうど舳先同士がくっつくような形で対峙《たいじ》した。

普通ではあり得ない光景だ。ここまでやれるだけの技量を持ち合わせた水夫はそういないだろうし、先方の船に藤貴の知る者たちの姿はない。つまりあの船は丸ごと、『悪姫』の手の者——胡家の者たちに占領されてしまっているのだ。

「なんてことだ……」

藤貴が怒りと悲嘆に満ちた一言を発したその時、しばらく押し黙っていた伯蓮が、太子妃候補たちのいる船に向かって大声で叫ぶ。

「『悪姫』が来た。そちらの船はすぐに港に戻れ！　こちらで時間を稼ぐ」

向こうの船の水夫たちは慌てて礼をすると、航路を転進させるように持ち場につく。

「そんな！　殿下は……」

妃候補《きさき》たちの悲鳴が聞こえるが、回頭した向こうの船が遠ざかるにつれて、それも聞こえなくなっていった。

次いで伯蓮は無言の『悪姫』を睨《にら》んだまま、船に乗せた衛兵たちを呼ばわる。

「構えろ！　胡家の襲撃だ。藤貴兄上と桑海殿をお守りしろ！」

「はっ！」

剣を抜き放った衛兵たちが、伯蓮と藤貴たちを守るべく陣を組む。

彼らの持つ武器の切っ先を目にした桑海は藤貴にすがりついたままか細い悲鳴をあげており、そんな弟の肩に、藤貴は優しく手を乗せていた。

だがまるでその兄弟愛を嘲笑《あざわら》うかのごとく、わずかな波音を劈《つんざ》いて響いたのは『胡家の悪姫』の笑い声である。

「ふふっ……ククククク、あはははははは！」

最初、夜鳴きする怪鳥の声のようだった笑いは、すぐに高らかで止めどないものに変わっていく。

まるで抱腹絶倒の喜劇の観客であるかのように、『胡家の悪姫』は声をあげていた。

その姿は、悪夢のように美しい。

生気を感じさせない真っ白の肌、赤く縁どられた目に宿る冷たい光、整っているがゆえに作り物めいて見える顔貌、漆黒と赤色で彩られた華美だがおぞましい印象の衣装、そして何よりも、夜闇に溶け込むような長い漆黒の髪——

凶器のようにぎらついた笑顔をそのままに、悪の姫は己の胸元に片手を置く。

それから乙女らしからぬ低くしゃがれた声で、深々と頭《こうべ》を垂れつつ挨拶をする。

「これはこれは、皇子殿下がた。このような素敵な夜にお会いできて、光栄に存じます」

「なんの用だ、『胡家の悪姫』」

率先して声を発したのは伯蓮である。

彼は『悪姫』に立ちはだかるようにしながら、臆さずに続きを告げる。

「お前には東宮に留まるよう命じてあったのだが、聞き入れなかったか？　まして、藤貴兄上の船を強奪するとは……また罰を受けたいのなら、好きにすればいいが」

「罰？　過日の蟄居《ちっきょ》を罰と仰《おっしゃ》いますか」

ククク、と『悪姫』は喉だけを鳴らして嗤《わら》ってみせた。

「あれはただ、私が赤殿《せきでん》の外に出る気にならなかっただけのこと。私はいつでも己の望む時に現れ、望まぬ時に姿を消す。そう、今夜は――」

言葉に合わせて、『悪姫』の黒く長い爪が、一人の皇子を指す。

桑海だ。

「我ら胡家の悪名を軽んじ、下らぬ茶番で我が庭を荒らした、そこの者の断末魔の悲鳴を聞くために現れたまでのこと」

まさに今ここから、華やかな演目は『悪姫』の独擅場《どくせんじょう》と化す。

＊＊＊

「え……？　だ、断末魔の悲鳴？　どうして……」

自身を守る藤貴、そして衛兵たちに囲まれたまま、桑海は目を潤ませて当惑する。

その姿は誰が見ても、不当な言いがかりをつけられて震える哀れな青年のように見えるだろう。追及するこちら側が悪役然としているのだから、なおさらである。

けれど令花《れいか》には、そして伯蓮には確信があった。

白枇杷《びわ》の一件だけではない。状況から見て、桑海にはとある嫌疑がかけられている。一連の事件の裏にいるのは彼に違いないと断定できるからこそ、ここまで大掛かりな準備を進めてきたのだ。

すべては、確実に桑海をここで止めるために。

（いくらここで私たちが桑海様への嫌疑を主張したとしても、誰よりも藤貴様がそれを信じない。それほどまでに桑海様の演技は卓越したものだから……）

舳先に佇み『悪姫』の演技を続けながら、令花は思った。

間近でつぶさに、ある程度長い時間観察できれば、令花は相手が嘘《うそ》をついているかどうか察知できる。逆に言えば嘘と感じさせない相手というのは、本心から真実しか語っていないか、あるいは令花と同程度の演技の技量を持ち合わせているかのいずれかだ。

桑海は後者だ。

(ならば、今以上に心してかからなければ。どんな演技者でも、思いも寄らない時機に不意を衝《つ》かれれば必ず『素』が出てしまうもの。それを狙わないと)

素早くそこまで思考した後、『悪姫』として、令花は冷たい笑みを零《こぼ》した。

「いつまでそのくだらない演技が続くものか、見物だな。我が裁きは、既に下された後だというのに」

「既に？」

伯蓮はいかにも不審そうに眉を顰めた。『悪姫』は満足そうにそれを睥睨《へいげい》すると、爪で指す先を変える。

怯《おび》えた桑海から、先ほどまで彼がついていた卓の上に置かれた杯へと。

「我ら胡家の手の者は、夏輪国《かりんこく》の何処《どこ》にでもいる。毒見をすり抜け、お前たちの口に入るものに任意の品を混ぜるなど造作もない。たとえそれがなんであろうと」

「なっ……!?」

あまりにも不穏なその物言いに、藤貴も顔色を変える。彼は先ほどまでほとんど食事をとってはいなかったが、それでも飲み物は別だ。

果実を搾った汁——特に異様な味はしなかったが、何か入っていたとでもいうのだろうか？　と、藤貴と桑海は慄然としているに違いない。

——それで構わない。恐怖は心の均衡を崩し、素の己を剝《む》き出《だ》しにするもの。

（でなければ、釣りの意味がない！）

令花はとどめとばかりに、しゃがれた声を張り上げた。

「お前たち全員が先ほど口にした飲み物には、この船の船艙《せんそう》に山と積まれていた代物を紛れ込ませておいた」

「……！」

ぴりっ、とした張り詰めた空気が、船上に満ちる。

「その船……？」

いち早く疑問を口にした藤貴は、眉を顰めた。伯蓮は黙ったまま、ちらりと藤貴たちの様子を窺う。

「おえっ、うぇえええーっ！」

すると唐突に、桑海が口を大きく開けて身体《からだ》を二つ折りにしはじめた。

まるで、何かを無理やり吐きだそうとしているかのように。

「なっ、そ、桑海！　大丈夫か？」

弟の異変に対して、藤貴は血相を変える。

「気分が悪いのか⁉　おのれ胡家め、弟に何を……」

「控えよ」

今にも衛兵から剣を借りて飛びかかろうとしている――そしてそれを衛兵たちに止められている藤貴に向かって、冷徹に『悪姫』は言った。

「申し上げた通りだ、第五皇子。私はその代物を、お前たち全員の飲み物に混ぜた」

全員、と聞いた藤貴は、そこで己の胸に手を当てて考え込んでいる。

――そう、おかしいのだ。

もし桑海が毒で苦しんでいるのなら、同じ程度に飲み物を口にした自分も、伯蓮も苦しんでいなければ辻褄《つじつま》が合わない。小柄な桑海との体格の違いを考慮しても、少なくとも、何か体調の異変は感じていて然《しか》るべきだろう。

にもかかわらず、自分の体調には今、なんの変化もない。伯蓮も同様だ。

ただ、桑海だけが懸命に飲んだものを吐きだそうともがいている。

「いや、待て」

思わずといった様子で、藤貴は呟《つぶや》いた。

「桑海。今、お前は苦しいのか？　それとも、ただ吐こうとしているだけか……」

「なっ、何を言っているんですか兄様！」

吐こうとしても何も出ない、といった態度の桑海は、焦りでやや声を荒らげている。

「すぐに吐かないと、あ、危ないじゃないですか！　だってあの船は」

そこまで言った桑海は、げほげほと咳《せ》き込《こ》んでから続きを語る。

「……こ、『胡家の悪姫』が紛れ込ませるものなんて、どうせ毒に決まっていますよ。兄様も伯蓮兄上も、早く吐きださないと！」

「あの船は三番艇だ。麦芽糖の輸送に用いる船だ」

麦芽糖――大麦から精製される甘味料。俗に言う水あめの原料。当然、毒ではない。

桑海に対してというよりは、戸惑う己の思考を繋《つな》ぎとめようとしているかのようにぼんやりと、藤貴は語る。

「藤葛に三の紋章は、三番艇。お前がそれを忘れるはずがない」

「も、もちろんですよ！　でも、相手は『悪姫』なんですよ。船艙に入っていたものを混ぜたと言っているだけなのに、兄様はそれを信じるんですか？」

「なあ、少しいいか？」

伯蓮が軽く手を挙げて問う。

「『悪姫』が信用できない云々《うんぬん》はさておき、桑海殿はさっき何か言いかけていたよな。『だってあの船は』とかなんとか」

不思議そうな顔をしながら、伯蓮は言った。

「あの船はなんだと言いたかったんだ、桑海殿？　もしかして三番艇の船艙の中には麦芽糖ではないものが入っていると、お前は知っていたのか？」

例えば、毒とか。――そう伯蓮が告げた刹那、桑海の目つきが変わる。

必死に兄を説得しようとしていた健気《けなげ》な青年から、どこか血走った、冬眠明けの獣のような目へと。

（出た！）

桑海の化けの皮が剥がされた。しかしこちらが何か言うより先に、藤貴が声をあげる。

「何を馬鹿な！　私たちの船に毒が積み込まれるなど、あってたまるか。私は港に入れる品は厳正に管理している。危険物や違法の品の類は一切持ち込ませなどしない！　もしそんなことがあれば、すぐに桑海を通じて私に……」

言っている最中に、きっと彼は気づいたのだろう。

「……桑海？　まさか、お前」

それまでずっと弟を庇《かば》うように傍らに立っていた藤貴が、一歩下がる。

それに合わせて、彼らを囲っている衛兵たちの輪が、少しだけ広がった。

「三番艇に毒が積まれたことを、私に黙っていたのか？　な、なぜそんな……」

「口を噤《つぐ》め、第五皇子」

困惑している藤貴を突き放すような冷徹な声で、『悪姫』が告げる。

「先ほどからお前たちは、三番艇だの『私たちの船』だの、いったいなんの世迷言《よまいごと》を垂れている？」

「は？」

藤貴は反射的に『悪姫』のほうに振り返った。それに合わせて、『悪姫』はさらに真実を述べ立てた。そう、今乗っている船に関する事実を。

「これは腑湖に停泊されていた船だが、第五皇子の管理下にあるものではない。帆印はよく似せてあるが、これは我らが新たに接収した船だ。したがって、船艙にあったものも麦芽糖ではない」

告げて、『悪姫』はまた無言のままに右手を挙げた。

すると背後に控えている胡家の手の者が、大きな麻袋を鳳凰《ほうおう》船へと投げて寄越す。

どさり、と甲板に落ちた袋の口からは、ちょうど干した葱《ねぎ》か韮《にら》のような草が飛び出している。同時に、柑橘類《かんきつるい》のような芳香が漂ってきた。

「これは檸檬草《れもんそう》か……」

補足するように、伯蓮が言う。

（ええ、そうです。段取り通りですね、殿下）

胸の内で相槌《あいづち》を打ってから、『悪姫』はそれを顔に出さずに冷たく言い放つ。

「果実を搾った汁の中に紛れ込ませたのは、この薬草を煮出した汁よ。身体に害はない」

同じ果物のような香りのする、軽い酸味のある汁だったため、飲み物に混ぜられても察知できなかったのだろう。

「この船には、薬草を積んで出航させた。お前たちの三番艇とやらの船艙の中身が何かなど、我らの関知するところではない。が……第十七皇子の慌てぶりを見るに、興味深いものが入っていたようだな？」

いよいよ口の端を吊《つ》り上《あ》げて、いかにも面白いものが見られそうだといったように、『胡家の悪姫』は楽しげにする。

これが『釣り』だ。桑海の演技を中断させ、藤貴の内に桑海への疑念を植え付ける。

胡家が強権を発動したわけではない。つまり皇子の船を強引に奪ったり、荷を積みかえたりしたわけではない――そんなことをすれば、ただの悪人だ。

そうではなく、悪に悪だと自ら名乗らせる。日陰に隠れている悪が、自《おの》ずと日向《ひなた》に迷い出てくるように誘導する。それが胡家のやり方である。

令花の脳裏を過《よ》ぎったのは、ここまでに至る経緯だった。

どのようにして事件の首謀者を見定め、ここまでの準備を整えたのか――

すべては、令花が胡家に戻った時からだった。

＊＊＊

桑海が怪しいと思いはじめたきっかけは、実のところ、白枇杷《びわ》の事件より以前――悌尾《ていび》州から檸檬草を輸送する船がこのところ動いていない、という手がかりを父から得た時からだった。

麗麗として藤貴の逗留《とうりゅう》先を訪ねた後、令花は実家に行き、父から忠後《ちゅうご》州についての話を聞いた。だが父のもとには腑湖における藤貴の動きに関する情報は届いておらず、柳泉が伯蓮に訴えた内容が真実だという証拠だけがあった。

この段階で、柳泉が最初から嘘《うそ》を吐《つ》いている可能性は消え去った。しかし無論、荷が止まっているのが事実だからといって、柳泉が完全に潔白だとは断定できない。

既に藤貴が疑いから外れている以上、「腑湖の港に関する裁量を持ち」かつ「行いを胡家に察知させない皇家の出である」人間となると、柳泉もしくは桑海ということになる。

ここで令花の中に、桑海に対するわずかな疑念が生じた。本当に、わずかな疑念だ。

けれども改めて考えてみると、桑海のこれまでの振る舞いの中に、もう一つ違和感の残るものがあった。

それは柳泉と面会した直後、大河で共に快遊艇に乗った時の出来事である。

桑海の生い立ちの話を聞いた直後、久遠の視線は桑海のいる後ろではなく、舟の舳先《へさき》、すなわち正面へと向いた。そして久遠が謎の寒気を感じて、振り返った時。

『あっ、もしかして気分が悪くなっちゃったかな？　ごめんね』

桑海はそう言いながら、両の手のひらをこちらに向けて振っていた。

（あの時……桑海様は一度だけ、絶対におかしい行為をしていた）

彼は舵《かじ》からも、帆を動かす縄からも手を離していたのだ。

（快遊艇は、決して大きな舟ではない。安定性に優れているわけでもない舟の上だというのに、咄嗟《とっさ》に舵も帆も動かせない姿勢をとるなんて……六年間も舟に乗っている熟練者の行動ではない）

事実、桑海はそれ以外の場面では、きちんと舵や縄から手を離さないようにしていた。

翻って考えると、両手を離していた時、彼はそうせざるを得ないような特別な理由を持っていたに違いない。あの謎の寒気から判断するに、その理由とは――

(久遠の殺害)

令花が感じたあの背筋の凍るような感覚は、風ではなく殺気だったのではないか。本来であれば突拍子もない発想ではあるが、当時はともかく、東宮で実際に毒殺未遂事件が起こったことを考えれば、あり得ない話ではない。

もし振り返っていなかったならば、きっとあのまま河に突き落とされていたのだろう。

桑海が身の上話をしたあの地点は、河岸からかなり離れた、河の中心部に近いところ。久遠を突き落としたとしても誰にも見咎《みとが》められないし、急いで港に戻って「久遠が舟から身を乗り出して落ちた」とでも言えば、言い訳が立つと判断したのだろうか。

――この恐ろしい推測が当たっていたとしたら。桑海が、たとえ相手が幼い弟であろうと容赦なく、己の目的を果たそうとしているのだとしたら――

桑海に対する疑いは、やや濃くなった。

そうは言っても、柳泉のほうが疑わしい人物だったのは違いない。しかし一方で、少しでも被害を受けている人を減らしたいという気持ちも令花にはあった。

だからこそ令花は、実家を訪れた時、父に「お願い事」をしたのだ。

悌尾州から檸檬草を買い付けて、輝雲まで届けてほしい、と。

(柳泉様にとって、檸檬草は生命線。事件のことはさておき、薬だけでも届けて差し上げないと、命に係わるのでは……と思ってのことだったけれど)

かえってそれが、功を奏した。

決定打となったのは、あの白枇杷による毒殺未遂事件と、その後の藤貴の来訪だ。あの事件において柳泉の側に動きはなく、かたや桑海は、決定的な失言を残した。

疑わしきは柳泉ではなく、桑海。桑海は伯蓮の周りで巧みに事件を起こし、疑いを藤貴へ、あるいは柳泉へと誘導していたのだ。

その見解が一致して令花と伯蓮が『釣り』の準備に入った頃、ちょうど胡家が購入した檸檬草が輝雲に届いた。それは柳泉と再び面会した時に、よい手土産となったのである。

「これはこれは。思いもかけない素晴らしい贈り物だね」

再び訪れたその日も、以前と同じく薬湯に浸《つ》かっていた柳泉は――やはり薄手の湯浴み着を纏《まと》い、美しい女性たちを周囲に侍《はべ》らせていたのだが――積み上げられた檸檬草の荷に対して心底からの喜びを示すように、目を輝かせていた。

「実のところ、今湯に浸けている檸檬草が最後でね。明日からはどうしたものかと、頭を悩ませていたんだよ……。それで、こちらのお代はいかほどかな。まさか、無料ではないだろう？」

「いや、無料《タダ》だ」

伯蓮は真面目な面持ちで、柳泉に告げた。

「その檸檬草は手土産だからな。もっとも、お前の色よい返事を期待してはいるんだが」

「おや、協力要請かな。藤貴殿下に関する困り事の解決のためなら、なんでも力を貸すと言ったはずだけれど」

「それを踏まえても、ちょっと無茶な頼みをするからだよ。……船を三隻貸してくれ」

そう、三隻。普段は柳泉の湖上の事業のために使われている鳳凰船のうち、動かせそうなものを二隻と——今『悪姫』が乗っている帆船の、合計三隻。

これらはすべて、柳泉の元から借りて腑湖から動かしてきた船なのだ。

ではなぜ、今『悪姫』が乗っている船は、藤貴の所有する三番艇であるかのように偽装されていたのか。

なぜ令花たちは、三番艇の船艙《せんそう》に毒物が納められていると知っていたのか。

それはこれから藤貴たちの前で、伯蓮が明らかにしてくれるだろう。

＊＊＊

「桑海」

努めて冷静に、藤貴が問いかける。

「少なくともお前が、三番艇の船艙に毒が積まれているのを知っていたのは事実だな？　答えてくれ、なぜ黙っていた」

「そ、それは」

桑海はえへへと笑いながら、後頭部を掻《か》いた。

「その、そういう報告が上がっていたんですが、兄様に報告するのをうっかり忘れてしまって。ごめんなさい、ご迷惑をおかけして」

うっかり忘れてしまったというのは、言い訳としては弱すぎるが、現実にそういった事例がある以上、「絶対に嘘だ」と糾弾するのは難しい主張である。

だがその時伯蓮が一歩、藤貴たちに近づいた。その懐の中に、手を入れながら。

「そんな言い訳をするなら、これを見てもらおうか。この前荘《そう》家から手に入れた、かなり気になるモノなんだが」

荘家、という名を耳にして、桑海の笑みが消える。

間髪《かんぱつ》を容《い》れずに、伯蓮は懐から取り出したモノ——開いた一通の紙きれを、突きつけるように正面に出した。

令花の今立っている場所からは、その紙面はちょうど見えない。けれど何が書いてあるのかは、事前に見せてもらって知っている。

藤貴は目を疑うようにしながら、紙に書かれている内容を読み上げた。

『東宮の状況を改善するために』……『改善が見られないなら、港の使用権を停止する』？　私の捺印《なついん》まで入っている。どういうことだ、そんなものを書いた覚えはないぞ！」

「でしょうね、兄上」

紙面を提示したまま、伯蓮は言った。

「これは俺が先日荘家に行った時に、相手方から貰《もら》ってきたものです。もちろん奪ったのではなく、先方が喜んで提供してくれたんですよ」

——経緯はこうだ。

伯蓮は、荘家に探りを入れる方向性を変えた。皇太子としての権限を用いて強引に情報を開示させることもできるが、それでは自分の動きが波乱を呼び、かえって真犯人を警戒させてしまうかもしれない。

そこで搦《から》め手《て》を用いたのだ。『釣り』の準備期間中、荘家の本拠地を訪ねた伯蓮は、紅玉の父にこう告げた。

近頃、皇子の名を騙《かた》り港の使用権を停止させると称した手紙が各地の商家に届くという、怪しい詐欺が流行している。同種の詐欺に実家が被害を受けているのではないかと心配した紅玉の代理人として、今自分はここに来ている。

詐欺師は近日中に捕縛され、詐欺事件は終息するので安心してほしい。ついてはこの件について、もし荘家にも同種の手紙が届いていたなら、捜査進展のためにも見せてはもらえないだろうか、と。

荘家はほっとした様子で伯蓮に語った。実は我が家にも同種のものが届いていて、そのせいで娘に余計な気苦労をかけてしまった。藤貴殿下の所有する船の動きが近頃おかしいという現地の報告も受けているので、余計に不安になってしまっていた。

皇太子殿下のご厚情に感謝し、手紙は喜んでお渡しする――という荘家の意向を受けて、今、伯蓮はこの手紙を持っている。

しかも荘家の話から、藤貴の船が怪しいと狙いをつけられた。ここから、令花と伯蓮は東宮で事件を起こした毒の入手経路について、一つの仮説を立てたのだ。

東宮付きの医師が語ったように、あの毒は悌尾州で産出されるものである。

桑海の目当てが、皇子同士の争いであると仮定すると――桑海は便利な暗殺道具となる毒を、大量に輸送するために船に乗せるだろう。

一方でこの数日間の調査によって、柳泉の檸檬草の輸送経路が、藤貴の所有する三番艇の航路と被《かぶ》っていると明らかになった。柳泉の事業や、檸檬草の仕入れが止められてしまったのは、伯蓮に藤貴への疑いを持たせるためだけでなく、毒の輸送の動きを他者に少しでも察知されまいとしたからに相違ない。となれば、三番艇に毒が積み込まれたと推測できる。

このことから、柳泉から借りた船の帆を三番艇そっくりに偽装する作戦が立てられた。偽装した三番艇に『胡家の悪姫』が乗って現れれば、それだけで藤貴や桑海の意表を突ける。さらにハッタリを用意することで、桑海自ら「船艙に毒があると知っている」ことを自白させられ、『釣り』が完成する――

「私以外に、私の使う印の在処《ありか》を知っているのは、桑海だけだ」

いよいよ顔を青ざめさせた藤貴の声音は、悲痛な響きを帯びている。

怒ればよいのか、悲しめばよいのか。それすらわからないといった茫洋《ぼうよう》とした不安を漂わせていた。

（当たり前だわ。弟君がこんなことをするなんて……きっと信じられないでしょうから）

だからこそ令花たちは丁寧に藤貴の目の前で、桑海の犯行だと暴き立てた。

それは、とても残酷な仕打ちだ。

築き上げてきた長い信頼と親愛が、打ち砕かれることになったのだから。

「桑海、弁明があるなら聞こう。言ってくれ」

「……はぁー……」

桑海は――俯《うつむ》いたまま、長いため息を吐《つ》いた。

「どうした、桑海？　頼む、何か言ってくれ」

「すみませんがお待ちください、兄様」

両手で顔を覆い、もう一度深く息を吐いてから、桑海は言う。

「ちょっと役が抜けるのに、時間がかかっていますから。もう何年もずっといもしない桑海なんて皇子の役をやっていたので、大変なんですよ」

「なっ……!?」

その言葉の不穏さに、藤貴だけではなく、伯蓮もさっと身構える。もちろん令花もだ。

だが、『悪姫』はなおも事態を静観していた。

皇太子の無言の指示のもと、桑海を警護するように取り囲んでいた衛兵たちは、そのまま桑海に対して剣の切っ先を向ける。

しかし桑海は、否、桑海を演じていた人物は、もはや悲鳴をあげはしなかった。

「ああ、結局こうなるのか」

自嘲するように笑うその人物の表情は、桑海だった時とはまったく異なっている。目の奥にはぎらぎらとした光を湛《たた》えているのに、まるですべてを諦観するように、表情はどこか冷めきっていた。

「どこで間違ったんだろう？　皇子同士殺し合わせれば後釜を狙えるし、毒を使えば周りの皇子も消せて、昇り詰められると思ったのになあ。あの久遠って子どもを殺し損ねた時かな。あそこで上手《うま》く行っていれば、もう少し違ったんだろうけどな～……」

「お前、やはり!!」

一気に気色ばんだのは伯蓮である。

「舟遊びの時に突き落とそうとしたっていうのは、本当だったのか。よくも……！」

「まあまあ、そう怒るなよ。皇太子殿下」

口調まで変えて、というよりは恐らく生来のものに戻して、桑海だった者は言った。

「あんたたち皇家っていうのは、本当に……この翡翠《ひすい》の玉に重きを置くよな。そんなに血の繋《つな》がった人間が大事か？　それ以外の人間なんて、どうでもいいと思っているくせに」

「何を……」

しばらく口を閉ざしていた藤貴が、静かに問いかける。

「何を言っているんだ。お前は何者だ？　お前は第十七皇子の桑海ではない、のか……？」

「だから言ったでしょう。そんな人間、元からいないんだって」

衛兵たちが突きつける刃を気にして、抵抗の意思はないと空いた両手を頭の横に挙げつつ、青年は言う。

「あんたたちは知らないでしょうけど……本物の貧民っていうのは平気で子どもを殺すし、捨てるんですよ」

ぎらついた瞳で過去を振り返りつつ、彼は続けた。

「六年前、俺は口減らしで殺されそうになって、逃げだして行く宛もなく……たどり着いた忠後州で、後宮から逃げてきたって噂《うわさ》のある女の家に押し入ったんです。その女、無駄に気位だけ高くて村の連中と上手くいってなかったみたいで、人目につかない場所に住んでいたからやりやすかったんですけど」

いざ女を殺して家を漁《あさ》ってみれば、ろくな財貨も出てこず、見つけたものといえば完全に白骨化した赤子の遺体だけ。しかしその遺体を見て、当時の彼はぴんときた。

後宮から逃げてきた女が連れていた赤子。もしかして、これは皇帝の子どもでは？

改めて女の遺体を探ってみれば、なんと出てきたのは麒麟《きりん》の浮き彫りの施された翡翠の佩玉《はいぎょく》だった。彼のような賊徒の子でも、麒麟の紋章の意味するところくらいは知っている。

血塗《ちまみ》れのそれを手に取り眺めていたところ、ちょうど通りかかった村人が異様な雰囲気に勘づいて家に入ってきた。

そこで当時の青年は、己をこう騙ることにした。

――母が殺された。賊徒は逃げていった。母はこの佩玉だけを遺《のこ》して逝った――

刃が怖いという演技をしていたのはこの芝居に説得力を持たせ、同情心を買うため。

「後は兄様、あなたが拾ってくれたんですよ。血の繋がった弟を見過ごせない、なんて言って……ふふっ、まったく笑えますね。あんたたち皇家の連中は血の繋がった人間相手なら、そんなに必死になれるんだ。俺のような貧民が十歳で賊になっていても、無視してたらふく楽しんでいるくせに！」

それは血の迸《ほとばし》るような叫びだった。子どもの時から、殺人に手を染めなければならないような人生。遥《はる》か高みにある人間たちは豪奢《ごうしゃ》な暮らしをしていると知っているのに、自分は土塊を喰《く》らわなければならないような人生――

知識として知ってはいても、令花もまた、そんな人生を体験したわけではない。

「そうだ皇太子殿下、一ついいですか？　あの久遠ってガキも怪しいと思いますよ。あまりにやり口が俺と似ている……絶対同業者だね。だから殺《や》っておこうと思ったのに」

「お前からの助言なんて無用だ、この奸賊《かんぞく》が」

吐き捨てるように伯蓮が言うと、青年はひゅっと肩を竦《すく》めた。

それから彼は、青ざめている藤貴を見やる。

「で、どうですか兄様《にいさま》？　信頼している弟に裏切られたお気持ちは。ああ、それとも俺が実の弟じゃないと知ったから、もうどうでもよくなったかな？　あんたの六年間は、全部無駄だったってワケだ！」

嘲り笑う青年に、唇を嚙《か》んだ藤貴は何も言えない。

それを見た瞬間、令花は、思わず舳先《へさき》を蹴っていた。

「なっ⁉」

驚きの声をあげたのは伯蓮だ。見上げた天に浮かぶ満月に、『悪姫』の黒い影がかかる。

そのまま鳳凰《ほうおう》船に乗り込んだ『悪姫』は、衛兵たちの間をすり抜けるように進むと——

青年の頬に、思い切り平手打ちを喰らわせていた。

「がっ!? う、あ……!」

胡家伝来の護身術の一つ、この平手打ちは、並みの威力ではない。手のしなり、腕のしなりを極限にまで滑らかにすることで、革の鞭《むち》で打たれたのと同程度の威力を発揮する。

ゆえに青年は平手一発で動けなくなり、へたり込んだところを、衛兵たちに後ろ手に拘束されていた。

「汚い鳴き声をあげるな、下郎」

冷酷に青年を下瞰《かかん》しながら、『悪姫』は言う。

「誰よりも血の繋がりに拘《こだわ》っているのは、貴様だろう」

「は……!?」

「お前は六年で舟の操縦を覚えた。そうして手に自然と痣《あざ》を作るほど深く刻まれた楽しみを、教えたのは誰だ?」

問うた途端に、青年は無表情になる。「乗る技術は藤貴兄様に習った」と笑って語っていたのと、同じ人間なのに。——令花は、それが悲しかった。

(快遊艇に乗っている時、あなたはとても自然に楽しんでいた。痣ができるほど訓練を重ねてこられたのも、心から舟を愛していたから。そうやって楽しめる理由は、最初に舟を教えてくれた人が、親切で優しかったから……）

藤貴との六年間を、桑海が愛《いと》しく思っていなかったはずがないことは、手の痣が示している。にもかかわらず彼が、藤貴や柳泉を隠《かく》れ蓑《みの》にして恐ろしい事件を起こしたのは――

もし仮に、伯蓮と藤貴が衝突するこの絶好の機会を逃してしまえば、自分が名実ともに皇子の桑海として今後も生きることに繋がるから。そしてそれは暗に藤貴が「正しい」人間であり、この世には優しさや思いやりが確かにあるのだと認めることでもあり、ひいては、己の過去の罪業を直視しなければならなくなるからだ。

それがきっと、人の温かさを知った桑海には恐ろしかったのだろう。

だから彼は、六年前と同じ賊徒に戻った。皇家は冷酷で、この世は残酷なのだと考えるようにした。藤貴はただ、血の繋がった弟だから自分を大切にしているだけだと思い込むようにしたのだ。

それればかりでなく、卓越した演技力を人を傷つけるために用いるなんて――

（この人は、なんて悲しい人なんだろう）

強者の驕《おご》りと笑われるかもしれない。でもそれが、令花の本心だ。

だからこそそれを伝えたくて、令花は今、『悪姫』の姿を借りた。

　ぽつりと、藤貴が呼んだ。青年は無表情のまま、声の主に首を向ける。

「血の繋がりなどなくても……俺はお前を、弟だと思っている」

「──は」

　青年の口から漏れたのは、掠《かす》れた笑い声だった。

「そりゃどうも。本当にまっすぐで正しい人なんですね。兄様は」

　それきり、うなだれた青年は──やがて小舟で、衛兵たちに連行されていった。

　満月に照らされた河は、相変わらず滔々《とうとう》と流れている。

　既に自分の船に戻った『悪姫』は、胡家の者たちに指示をして、港へ戻る準備をしていた。伯蓮殿下からは追って沙汰があるとのことだったが、意に介してはいない──そういう演技を令花はしている。

　一方で、桑海だった青年を乗せた舟が遠ざかっていくのを眺めていた藤貴は、傍らに立つ伯蓮に言う。

「世話になったな、伯蓮。私はあの者の目論見《もくろみ》通り、危うくお前を害するところだった」

「何を仰《おっしゃ》います、兄上。俺は噂通りの不埒者《ふらちもの》で、適当な人間ですよ。あなたに嫌われるのも無理はありませんって」

「いいや」

月影の下で、藤貴はわずかに笑みを浮かべた。力なくではあるが、心からの笑顔を。

「噂は噂だ。お前はやはり、以前と変わらない……困難に遭っても立ち上がり、他者を見捨てることのない優しい人間だ。幼い頃から、そして今も」

――伯蓮が藤貴を信頼していたのと同様に、藤貴もまた伯蓮を信頼していた。

彼は弟が他者を傷つけまいとする性格だと知っていて、だからこそ久々に再会したあの宴席で、己の目を材料に伯蓮を脅したのだ。

伯蓮ならばきっと、藤貴が傷つくのをよしとしないはずだと、信じていたから。

(深い信頼関係が、最初からあったのね。私はそれに気づけていなかった……)

夜風に乗って聞こえてきた会話を聞き、内心で令花は微笑《ほほえ》んだ。

藤貴は言う。

「目が曇りそうになっていたのは私のほうだ。領地に戻り、すべてに片をつける。謝罪はそれからだな」

「手伝いますよ、兄上。まずは港に戻りましょう。皆も心配しているはずですから」

そんな兄弟の会話を耳にしつつ、『悪姫』は出航の指示を出す。

胡家に支配された船は静かに、伯蓮たちとは別の港へと進んでいった。

こうして、東宮とそれ以外をも巻き込んだ一連の事件は、解決したのだった。

＊＊＊

それから先、藤貴の働きもあって、各所での混乱は見事に収められていった。

桑海の手によって出されていた偽の書類のすべては撤回され、荘家も柳泉も、被害を受けることはなくなった。柳泉からは伯蓮への礼として例の鳳凰船の提供と共に、幾人かの女性たちの東宮入りが提示されたが、伯蓮は断固として拒絶したという。

東宮の太子妃候補たちは、今まで以上に『胡家の悪姫』を恐れるようになったが、事件を速やかに収拾させた上に『皇子を名乗っていた賊徒』の討伐を成し遂げたという伯蓮のことを、さらに敬愛するようになった。

ただ『悪姫』が寵妃《ちょうひ》であるとしてだけ考えられていた当時と比べて、東宮の雰囲気は格段によくなったように令花は感じる。

そして今後も、夏輪国の未来のために力を尽くせたら――と、思わずにはいられない。

「……藤貴はさ。唯一、俺を助けてくれた兄なんだ」

事件から数日後の夜、薫香殿《くんこうでん》の応接間にて。

久遠としての姿をした令花は、静かに語りだした伯蓮の言葉に耳を傾ける。

「俺が小さい頃、皇子連中にいつも泣かされていたっていうのは知っているだろう？　あいつらが俺を追い回していた時、急に藤貴がやって来て、言ったんだよ。『己の家族を虐《いじ》めるなど断じて許せん！』ってな」

「そ、それで虐めはなくなったのですか？」

「いいや。母親がそんなに地位が高くない嬪《ひん》だから、あいつも虐めの対象になっていたくらいだしな……。二人揃《そろ》って追い回されて、それでもあいつは泣かないから、俺よりひどく殴られていたよ」

遠い目をして懐かしむには、あまりにも凄惨な過去だ。令花がなんとも応えられずにいると、伯蓮はさらに言葉を重ねた。

「でも、そうやって殴られても、あいつは俺のせいにしなかった。兄上たちがいなくなった後、俺に手を差し伸べて、『よく頑張ったな』ってボコボコにされた顔で言ったんだ。昔からそんな奴だから、俺はわかっていたんだよ」

藤貴が犯人のわけがないってことは——と、伯蓮は窓の外を見上げた。

「そうだったんですね。私は気づけずに……藤貴様をずいぶん、疑ってしまったように思います」

「それでよかったんだ。こんな子どもの頃の思い出話、なんの保証にもならないからな」

皮肉っぽくそう告げた後、おもむろに伯蓮は椅子から立ち上がった。

それからつかつかと令花の隣の席に移動すると、卓を使って頬杖《ほおづえ》をついて、語りだす。

「なあ、それより……藤貴が領地に戻る前、俺になんて言い残したかわかるか」

「いいえ。なんと仰ったのですか」

「あいつ糞《くそ》真面目な顔で、『麗麗殿によろしく。心の支えになる言葉を貰《もら》った』だと。……お前、何を言ったんだ？」

言葉の調子は明るく、だけれどどこか瞳は不安そうに、伯蓮はこちらの顔を覗《のぞ》き込むようにしながら問うてくる。

(こんなに不安そうにされるだなんて……殿下は、本当に私の身を案じてくださっているのね)

深く感謝しながら、令花は答える。

「いいえ、特別なことは何も。ただ、己を装わないのも強さの一つだというような話は、申し上げた覚えがあります」

「それだけか？　何か他に、誤解されることは言っていないよな」

「ないとは思いますが……いえ、わかりました。では私の発言を思い出して、台本の形式に書いてお見せできるようにいたします。それならばきっと、殿下にもご納得——」

「いや、いい。お前の台本は細かすぎるからな。見るだけで骨が折れそうだ」

ぱたぱたと手を振って伯蓮が急に遮ったので、令花はそれ以上思い出すのはやめた。

「まあともかく、だ」

伯蓮は姿勢を正してから言った。

「今回もお前の演技に助けられたよ、令花。藤貴に俺のことを認めさせて、柳泉の奴にも恩を売れた。皇太子としての地盤強化というのが、少しはできたはずだ」

「お役に立てたのならば、幸いです。私こそ……胡家の者として、少しは恥じない働きができたかと自負しております」

内乱を未然に防ぎ、また自分でも新しい役柄を見つけて、伯蓮のために働けた。

それは令花の中で、一つの大きな自信となったように、我がことながら思う。

自然な微笑みが零《こぼ》れ、それを見て、伯蓮もまたふっと笑って言った。

「この調子ならいずれは、この演目もきっちり終えて、本来の皇太子としての生活に戻れる日も近いかもしれないな。そうなったら」

そこまで告げて、伯蓮は急に押し黙る。

「……殿下？」

心配になった令花が声をかけると、相手はこちらに向き直った。

とても静かで、真剣で、穏やかな眼差《まなざ》しで。

（え……）

思わぬことに、令花の胸が高鳴る。けれどまるでそれに合わせるように、伯蓮は少しだけ距離を詰めると、そっと尋ねてきた。

「もし全部が上手《うま》くいった後も……俺がお前に『悪姫』としてでも『久遠』としてでも、『麗麗』としてでもなく、ただの胡令花として側にいてほしいって言ったら、どうする？」

「えっ!?」

考えもしなかったことを聞かれたからか、令花の心臓は、今までにないくらいに激しく鼓動を打ちはじめる。

（こ、これはどういう意味？　側にいてほしいとは、もしかして東宮に？　いえでも、私が東宮にいるのは『悪姫』としてだから、私自身というのとは少し違うし）

どきどきしながら令花が出した結論は、一つだった。

「あっ。胡家の力を見込んで、ですか？」

「違う！」

勢いよく否定されてしまった。どことなく赤く頬を染めた伯蓮は、そのまま肩を寄せてくる。その腕がこちらの肩に回されて――ぎゅっと、抱き締められる。

「つまり、お前を……誰にも渡したくないって意味だよ」

真摯に、耳元に囁《ささや》く声。

（……！）

顔が、熱い。それだけは、はっきりとわかる。でもどうしてこんなふうになってしまったのかは、理解できない。自分のことなのに。

（わ、私）

令花は、すぐ近くでこちらを見つめる伯蓮の澄んだ瞳を見つめながら考えた。

（どきどきするのも、触れられて嬉《うれ》しいのも……久遠としての役柄のせいだと思っていたけれど、違うのかもしれない）

伯蓮が令花自身を渡したくないと告げてくれた理由。

それはきっと――

「人材として、ということですね？」

「はぁっ!?」

伯蓮は愕然《がくぜん》とした様子で硬直する。それを見て、逆に令花は確信した。

(そう、きっと私は、殿下の未来をお支えする人材の一人として認められているのが嬉しいのね。だからあんなに顔が熱くなってしまって……殿下は、私がそれに未《いま》だに気づいていなかったのを知って驚いていらっしゃるんだわ。やはり、私は未熟者ね)

そう納得できたら、なんだか顔の火照りも消えてきた気がする。

「ありがとうございます、殿下。これからも油断せず、お役目をまっとういたします!」

「ああ、いや、それは……」

伯蓮は回していた腕を戻すと、短くため息をついた。

それからいつもの調子で、不敵に笑う。

「当然だろ。今後も期待しているぞ、胡令花」

「はい!」

満面の笑みで、令花は応える。

——『悪姫』の華やかな演目は、これからもまだ続きそうだ。

(了)

あとがき

こんにちは、甲斐田紫乃《かいだしの》です。

お蔭様《かげさま》で令花《れいか》の活躍も、こうして第二巻をお届けできることとなりました。

この本を手に取ってくださった皆様に、厚くお礼申し上げます。


今回の話は、初期構想から『正義の味方登場』というテーマでした。

主人公の令花の実家がいわゆる悪の親玉ポジションなので、真っ向から対立するような人物が登場したら面白いのではないかと考えたのです。

正義の味方にあたるキャラクターは、当初はギャグっぽい性格になる予定だったのですが、打ち合わせを経てプロットを書いてみたら、かなり真面目な人物になりました。

個人的に藤貴《とうき》のような堅物キャラは好みですし、書いていて楽しかったので、これでよかったと思っています。

今作を書き上げるにあたっても、担当編集者様にはたいへんお世話になりました。いつも的確なアドバイスをいただき、本当にありがとうございます。

また今回も素晴らしい表紙イラストを描いてくださったｍｏｋｏｐｐｅ先生に、深く感謝いたします。背中合わせになっている、二人の組み合わせが最高です。クールで悪辣な表情の『悪姫《あっき》』と、可愛《かわい》い麗麗《れいれい》の対比がいいですね！

それから大切なお知らせとして、現在『ＦＬＯＳ　ＣＯＭＩＣ』にて、『悪姫の後宮華演』コミカライズが連載中です。目玉焼《めだまや》き先生の描かれる緻密で美麗な夏輪国《かりんこく》の景色と、可愛く格好いい令花や伯蓮《はくれん》の活躍をどうぞご覧ください！

それでは、またお会いできたら嬉《うれ》しいです。

ここまで読んでいただき、ありがとうございました！

甲斐田紫乃

富士見L文庫

悪姫《あっき》の後宮《こうきゅう》華演《かえん》 2

甲斐田《かいだ》紫乃《しの》

2024年５月15日　初版発行

発行者　山下直久
発　行　株式会社 KADOKAWA
〒102-8177　東京都千代田区富士見2-13-3
電話　0570-002-301（ナビダイヤル）

印刷所　株式会社暁印刷
製本所　本間製本株式会社
装丁者　西村弘美

定価はカバーに表示してあります。　◇◇◇

●お問い合わせ
https://www.kadokawa.co.jp/（「お問い合わせ」へお進みください）
※内容によっては、お答えできない場合があります。
※サポートは日本国内のみとさせていただきます。
※Japanese text only

ISBN 978-4-04-075410-9 C0193